ullstein

Das Buch

Der Weihnachtsmann hat ein Problem: Er ist völlig ausgebrannt. An Auswandern ist nicht zu denken, weil Sinterklaas in Holland noch mehr schuften muss als er und Jultomten aus Schweden seit zwei Jahren untergetaucht ist. Als seine Rentiere Einar und Elvar schließlich in einen Streik treten, landet der Weihnachtsmann im Obdachlosenheim und muss zum Arbeitsamt. Da steht er vor ungeahnten Herausforderungen: In welchem Jahr ist er eigentlich geboren? Was hat er für eine Ausbildung? Zum Glück gibt es die charmante Luna, die im Gasthaus Himmelreich bedient und bei der er jeden Abend eine ordentliche Portion Kässpätzle bekommt, und den libanesischen Sozialhelfer Amar, der sich ebenfalls rührend um ihn kümmert. Wird der Weihnachtsmann in einem gewöhnlichen Menschenleben zurechtkommen?

Die Autorinnen

Astrid Göpfrich arbeitete als Kulturmanagerin, Lektorin, Autorin und Regisseurin von Hörproduktionen. Sie lebt mit Mann und Kater in Freiburg.
Mehr über ihre Arbeit unter www.tagwerk-medien.de

Claudia Engel arbeitet als Puppenspielerin und Theaterszenografin. Sie lebt mit Mann, Kind und Hund zwischen Dresden und Berlin auf dem Land.
Mehr über ihre Arbeit unter www.flunkerproduktionen.de

Astrid Göpfrich und Claudia Engel

DER WEIHNACHTSMANN STEIGT AUS

Roman

Ullstein

Besuchen Sie uns im Internet:
www.ullstein-taschenbuch.de

MIX
Papier
FSC FSC® C083411

Ungekürzte Ausgabe im Ullstein Taschenbuch
1. Auflage Oktober 2016

Umschlaggestaltung: ZERO Werbeagentur, München
Titelabbildung: © Claudia Engel
Satz: L42 AG, Berlin
Gesetzt aus der Fairfield LT St
Druck und Bindearbeiten: CPI books GmbH, Leck
Printed in Germany
ISBN 978-3-548-28840-6

Himmelreich

Am späten Nachmittag des 28. Dezembers betrat der Weihnachtsmann mit hängenden Schultern das Gasthaus »Zum Himmelreich« und blickte müde in die Runde nachweihnachtlicher Gäste.

Das helle Licht der Gaststube blendete ihn, denn draußen senkte sich bereits die Dämmerung herab und tauchte die Stadt in ein geheimnisvolles Blau.

Der Weihnachtsmann blieb kurz in der Tür stehen, bis seine Augen sich an die Helligkeit gewöhnt hatten, und blinzelte. »Schnghbnd …«, gurgelte es aus seinem weißen Bart hervor, der zerzaust bis zum Bauch hinabhing. Das sollte eigentlich »Schönen guten Abend« heißen, aber vor Aufregung bekam der Weihnachtsmann seine Zähne kaum auseinander. Er war es nicht gewohnt, unter so vielen Menschen zu sein.

Die Gäste blickten erstaunt auf die ungewöhnliche Gestalt, die sich suchend nach einem freien Tisch umsah. Sie sahen einen Mann im langen Mantel, dessen Farbe einmal rot gewesen sein musste, jetzt aber ein ausgeblichenes und schmutziges Orange aufwies.

Seine Füße steckten in hohen braunen Stiefeln, deren Absätze vollkommen heruntergelaufen waren.

Niemand erkannte den Weihnachtsmann. Die Gäste dachten, ein Landstreicher wäre von dem weithin sichtbaren Licht der warmen Gaststube angezogen worden und hätte Schutz vor der rauhen Witterung gesucht. Gelangweilt wandten sie sich ab und nahmen nach und nach ihre Gespräche wieder auf.

Der Weihnachtsmann setzte sich an den einzigen freien Tisch direkt neben der Tür. Plötzlich merkte er, wie zittrig seine Beine waren, denn er hatte seit Tagen nichts Richtiges gegessen. Hier duftet es ja verheißungsvoll, dachte er und versuchte, den Geruch mit seiner etwas spitzen Nase einzufangen.

Der Weihnachtsmann wusste aber nicht, wie man in einem Gasthaus etwas zu essen bestellt. Aus den Augenwinkeln beobachtete er, wie eine junge Frau dampfende Getränke und schmackhaft aussehende Gerichte an die Tische trug. Ihm lief das Wasser im Mund zusammen. »Grrrrrrk …«, grummelte sein Magen erbärmlich, »Grrrrrrkrrrk …«

Vor ihm lag ein schmales Buch mit der Aufschrift »Speisekarte«. Er klappte es auf und las: »Ge…füllte Maul…taschen«, »Schnitzel mit Bratkartoffeln« oder »Pfannkuchen mit Pilzfüllung«. Keines der Gerichte sagte ihm auch nur das Geringste.

In den himmlischen Gefilden, wo er lebte, gab es Sternschnuppensuppe oder Schneeflockenkaltschale und zum Nachtisch Mondsichelmus und Kristalleis, aber niemals hatte er von Gerichten wie diesen gehört. Verwirrt blickte er in die Karte und suchte fieberhaft nach etwas Bekanntem. Er war so sehr in den Klang der eigenartigen Worte vertieft, dass er gar nicht bemerkte, wie eine Kellnerin an seinen Tisch kam und ihn erwartungsvoll ansah.

»Haben Sie was gefunden, junger Mann?«

Der Weihnachtsmann sah erschrocken auf und blickte in zwei freundlich spöttische grüne Augen. Sofort entspannte er sich etwas und zeigte hilfesuchend auf die vielen Gerichte: »Ich weiß nicht …« Sein Zeigefinger wanderte ratlos die Speisekarte auf und ab.

»Ja, unsere Karte ist ziemlich üppig«, sagte die Kellnerin nicht ohne Stolz, »da waren schon viele überfordert.«

»Ja, … ja überfordert«, lachte der Weihnachtsmann erleichtert über die unverhoffte Lösung und lehnte sich zurück. »Könnten Sie mir vielleicht … etwas empfehlen?«, fragte er scheu.

»Klar«, sagte die Kellnerin und strich sich eine vorwitzige blonde Strähne aus dem Gesicht, »nehmen Sie doch einfach das Tagesgericht. Schmeckt köstlich.« Sie zeigte auf eine große Tafel über der Theke, auf der mit Kreide *Heute: Käsespätzle mit gerösteten Zwiebeln* geschrieben stand.

»Ja … genau, Kesse-Spätzle, das nehme ich«, antwortete der Weihnachtsmann siegessicher, doch er hatte keine Ahnung, was er da gerade bestellte.

Die Kellnerin musste über die falsche Aussprache

der Käsespätzle innerlich grinsen, ließ sich aber nichts anmerken. Wahrscheinlich kommt der bärtige alte Mann von auswärts, dachte sie, und damit lag sie ja gar nicht so falsch. »Und was möchten Sie trinken?« Sie notierte das Tagesgericht und wartete mit aufmunternder Miene auf seinen Getränkewunsch.

Aus dem hinteren Teil des Gastraums forderte eine ungeduldige Stimme bereits zum wiederholten Mal die Rechnung.

«Ich nehme … einen Blitzeistee!«, bestellte der Weihnachtsmann sein himmlisches Lieblingsgetränk.

Die Kellnerin lachte: »Blitzeistee so, so, na, Sie sind mir ja ein Juxgebäck.«

Der Weihnachtsmann blickte verständnislos drein.

»Na, ein Scherzkeks, Witzbold oder meinetwegen Spaßvogel, wie Sie wollen.« Sie zwinkerte dem Weihnachtsmann verschwörerisch zu, kritzelte »Eistee« auf ihren Block, rief »Komme gleich« in Richtung des Zahlungswilligen und verschwand zur Theke, wo ein gestreng dreinblickender Wirt die Bestellungen entgegennahm.

Der Weihnachtsmann verstand nicht, was die Heiterkeit der Kellnerin auslöste, aber sie hatte freundlich gelacht, und so besserte sich seine Niedergeschlagenheit ein wenig. Er streckte die Beine unter dem Tisch aus und merkte jetzt erst, wie unsagbar erschöpft er eigentlich war.

Seinen Schlitten hatte er vor zwei Stunden hinter einem Schuppen geparkt, um kein Aufsehen zu erregen und den beiden entkräfteten Rentieren Einar und Elvar noch etwas Heu und frisches Wasser bereitgestellt. Dann hatte er mutlos auf die vielen Pakete geblickt, die hinten auf der Ladefläche des Schlittens lagen.

Das Geschenkpapier war durch den feinen Nieselregen bereits aufgeweicht und vom tagelangen Umherrutschen an den Ecken abgestoßen. Wieder hatte er es nicht geschafft, alle Pakete rechtzeitig an Heiligabend auszuliefern, und wieder würden einige Kinder sehr enttäuscht sein.

»So kann es nicht weitergehen«, sagte er leise zu sich und seufzte. Die Kellnerin zischte mit der Rechnung für den Zahlungswilligen an seinem Tisch vorbei. Könnte ich vielleicht auswandern?, überlegte der Weihnachtsmann und verwarf den Gedanken sogleich wieder. Denn: Wohin sollte er gehen?

Sinterklaas musste in Holland fast noch mehr schuften als er, der französische Père Noël war gerade wegen Burnout in der intergalaktischen Supernova-Kurklinik behandelt worden, und von Jultomten aus Schweden hatte er schon seit zwei Jahren nichts mehr gehört. Obwohl die Weihnachtsmänner Tag und Nacht unterwegs waren und unermüdlich schufteten, schafften es die meisten nicht, pünktlich zum Fest alle Geschenke auszuliefern.

Der Weihnachtsmann seufzte und sah wehmütig zum Nachbartisch, an dem sich eine Familie gerade über die neuesten Schnappschüsse amüsierte. Bestimmt hatte er selbst den dazugehörenden Apparat zu Weihnachten geliefert, aber er erinnerte sich nicht daran.

Früher hatte man beim Ausliefern einen kleinen Schwatz halten können oder war sogar kurz zum Aufwärmen hereingebeten worden. Heute klingelte er, drückte den verdutzten Leuten die Geschenke in die Hand und rannte auch schon wieder zu seinem Schlitten zurück. Manchmal reichte die Zeit sogar nur dafür, die Pakete im Vorbeifahren über den Zaun zu werfen. Dann konnte er nur hoffen, dass sie rechtzeitig gefunden wurden. Die beiden Rentiere Einar und Elvar bekamen viel zu kurze Pausen und waren oft fußkrank. Am schlimmsten ist, dachte er, dass manche Kinder ganz auf ihre Geschenke verzichten müssen.

Weihnachtsmann zu sein, machte einfach überhaupt keinen Spaß mehr.

Nachdem er zwei Stunden ziellos durch die Stadt geirrt und schon bald völlig orientierungslos war, hatte er schließlich das Gasthaus »Zum Himmelreich« entdeckt. Der Name hatte ihn sogleich in seinen Bann gezogen, schließlich wohnte der Weihnachtsmann in himmlischen Gefilden. So hoffte er, hier auf Gleichgesinnte zu stoßen. Genau genommen hatte ihn natürlich auch der köstliche Geruch, der vom Gasthaus ausging, hierher gelockt.

Der Weihnachtsmann blickte sich gespannt in der Gaststube um, als auch schon die Kellnerin mit einer Tasse und einem dampfenden Teller auf ihn zueilte.

»Einmal Blitzeistee und einmal die Kessen Spätzle«, lachte sie, stellte das Geschirr vor ihm ab, drehte sich flugs auf einem Fuß um und war schon wieder am Nachbartisch, um dort eine neue Bestellung aufzunehmen.

Etwas wie die Spätzle hatte der Weihnachtsmann noch nie gesehen, doch sie verströmten einen betörenden Duft von geschmolzenem Käse und gerösteten Zwiebeln. So nahm er entschlossen die Gabel, spießte einige Spätzle und Zwiebeln darauf auf und führte sie zum Mund. Der geschmolzene Käse zog lange Fäden vom Teller zur Gabel und verhedderte sich in seinem Bart.

Das störte den Weihnachtsmann nicht im Geringsten, denn der Geschmack war wirklich sensationell. So würzig und so kräftig, ja, fast besser als die himmlische Sternschnuppensuppe. Er aß und aß und vergaß vor lauter köstlicher Wonne alles um sich herum.

Als der Teller leer war, lehnte er sich zufrieden zurück und rieb sich den Bauch.

»Ach, ich habe ja noch gar nichts von dem Blitzeistee probiert!«, stellte er auf einmal fest und nahm gierig einen großen Schluck. Doch was war das? Der Blitzeistee bestand nicht im Entferntesten aus einer luftigen Essenz von Eiskristallen, wie man ihn im Himmel servierte. »Der ist ja total sauer… und seltsam: zugleich viel zu süß, pfui!« Angewidert spie der Weihnachtsmann den Tee aus und sprühte ihn dabei über den ganzen Tisch.

Schlagartig verstummten an den Nebentischen die Gespräche, und tausend Augenpaare schienen ihn nun feindselig zu mustern.

Der Weihnachtsmann errötete bis unter die Haarwurzeln und tat, als ob er den Flug einer imaginären Fliege verfolgen müsse. Dabei bemerkte er, dass sein Bart über und über mit Käsefäden verklebt war, was ihm so peinlich war, dass das Rot seines Gesichtes sich nun in ein prächtiges Purpur verwandelte.

Der Weihnachtsmann versuchte, seinen Bart hektisch mit der Mütze sauber zu rubbeln, was alles nur noch schlimmer machte. Wenigstens gelang es ihm, den Tisch mit seinem Mantelärmel wieder trocken zu reiben. Aber die schöne Stimmung, die sich durch die schmackhaften Spätzle in seinem Bauch verbreitet hatte, war dahin.

Augenblicklich stiegen auch die alten Sorgen wieder in ihm auf. Wie soll es bloß weitergehen?, dachte er verzagt.

In der Gaststube war es so still geworden, dass man auf einmal den Graupelschnee hören konnte, der sachte an die Fensterscheibe prasselte. Der Weihnachtsmann war es nicht gewohnt, von den Menschen feindselig gemustert zu werden. Wenn er auf die Erde kam, erntete er überall freudige Blicke, schließlich brachte er ja Geschenke mit. Hier freut sich aber keiner, dass ich da bin, dachte er bitter. Er beschloss, das Gasthaus Himmelreich auf der Stelle zu verlassen, auch wenn es draußen noch so garstig sein mochte.

Die Kellnerin beobachtete aus der Ferne, wie er seine verklebte Mütze nahm, sie sich umständlich auf den Kopf setzte und mit dem Stuhl nach hinten rutschte. Rasch eilte sie an den Tisch und fragte: »Der Herr möchte bezahlen?« Sie verabscheute es, wenn jemand versuchte, die Zeche zu prellen, auch wenn es ein netter, alter Landstreicher war, denn am Ende des Tages würde ihr das Geld in der Kasse fehlen.

Der Weihnachtsmann blickte sie erschrocken an. »Bezahlen? Daran habe ich ja noch gar nicht gedacht!«, stammelte er leise. In den himmlischen Gefilden konnte man überall essen und trinken so viel man wollte. Aber er hatte natürlich schon gehört, dass man hier nichts bekam, ohne es gegen dieses Geld zu tauschen, um das die Menschen so ein großes Aufhebens machten. Das Problem an der ganzen Sache war: Er hatte keins.

Die Kellnerin sah jetzt gar nicht mehr so freundlich aus, obwohl der alte Landstreicher gerade ein wenig mehr in sich zusammenfiel und sie nun hilflos anlächelte. Sie ahnte, dass sie auf der Rechnung sitzenbleiben würde.

Der Wirt, der eine natürliche Witterung dafür besaß, wenn ein Gast nicht zahlungskräftig war, reckte von der Theke seinen mageren Hals zu ihnen hin und knurrte schmallippig: »Frollein Luna, gibt es ein Problem mit dem grauen Zausel da?« Die Blicke der Gäste richteten sich schnurgerade auf die Kellnerin. Diese verabscheute es mindestens genauso, wenn sie von ihrem garstigen Chef vor allen Leuten »Frollein« genannt wurde. Bockig drehte sie ihm den Rücken zu und tat, als ob sie nichts gehört hätte.

»Haben Sie denn gar kein Geld?«, wisperte sie dem Weihnachtsmann zu, während sie aufreizend langsam das Geschirr zusammenstellte.

»Luna«, hauchte der Weihnachtsmann verzückt, »was für ein wunderschöner Name!« Er war überzeugt, in diesem Moment seine himmlische Verbündete gefunden zu haben, Luna bedeutete schließlich »der Mond«.

»Ihre Süßholzraspelei bringt uns jetzt auch nicht weiter«, herrschte die Kellnerin ihn aber ganz unhimmlisch an, »Sie müssen mir jetzt irgendwas in die Hand drücken, das nach Geld aussieht, sonst kriegen wir Ärger mit dem Chef, schnell!«

Der Weihnachtsmann spähte möglichst unauffällig zur Theke, über die sich der Wirt mit seinem dürren Körper jetzt, um ihr Gespräch mitzuhören, so weit hinüberbeugte, dass er fast auf der anderen Seite hing.

Da fiel ihm ein, dass er kleinere Geschenke häufig in seiner Manteltasche transportierte, damit sie nicht durch das Geflecht des Schlittens durchrutschten. Er griff hinein, kramte darin herum und bekam eine kleine Schachtel zu fassen. Der Weihnachtsmann zog sie heraus und bot sie der Kellnerin mit den Worten »Hier, ist das ausreichend?« dar.

Luna nahm das Schächtelchen, hielt es so, dass der Wirt von der Theke aus nichts sehen konnte und wickelte es gespannt aus dem goldglänzenden Papier. Eine kleine, mit rotem Samt bezogene Schatulle kam zum Vorschein, die sie eine Weile andächtig betrachtete. Dann klappte sie sie behutsam auf.

In der hinteren Gaststube fiel der Wirt mit einem lauten »Rums« auf den Dielenfußboden. Luna drehte sich nicht einmal um, denn was sie gerade in ihrer Hand sah, raubte ihr fast den Atem: Ein goldener Ring glänzte im Schein der Gasthausfunzeln wie der hellste Stern, und in seiner Mitte funkelte das kostbarste Juwel, das sie je gesehen hatte: ein blauer Wüstensaphir. »Der ist ja wunderschön!«, stammelte sie.

»Reicht das für eine Portion Kesse Spätzle und den komischen Blitzeistee?«, fragte der Weihnachtsmann unsicher, der überhaupt keine Vorstellung vom Wert der Dinge hatte.

»Dafür«, japste die Kellnerin atemlos, »können Sie sich hier Ihr ganzes Leben lang Käsespätzle und Eistee einverleiben.«

»Dann ist ja gut«, antwortete der Weihnachtsmann zufrieden und wollte sich erheben. Luna drückte ihn sanft auf den Stuhl zurück. «Das kann ich nicht annehmen, der ist viel zu wertvoll!«, protestierte sie.

»Doch, das können Sie«, sagte der Weihnachtsmann bestimmt und tätschelte ein wenig unbeholfen ihre Hand, »ich könnte ja öfter hierherkommen und Kä-se-spätz-le essen. Wenn Sie aber den Eistee vielleicht lieber jemand anderem anbieten?«

Der Weihnachtsmann lächelte noch einmal zaghaft,

erhob sich erneut, klappte den Kragen seines Mantels hoch und nickte dem Wirt, der sich gerade mühsam vom Boden aufrappelte und seine staubige Hose ausklopfte, kaum angedeutet zu.

Dann stapfte er durch die Stube hinaus in die ungastliche Dunkelheit und ließ seine himmlische Verbündete großzügig beschenkt, aber sprachlos zurück.

Wo sind die Rentiere?

Von einer Laterne müde beleuchtet wirbelte ein eisiger Wind Schneekristalle durch die menschenleere Straße. Gleich nahm den Weihnachtsmann die klirrende Kälte wieder in Besitz. Er fröstelte, wollte am liebsten umkehren, riss sich dann aber zusammen, straffte sich und sprach zu sich selbst: »Auf geht's. Ich muss mich schließlich um die Tiere kümmern.«

Allein, der Weihnachtsmann hatte keine Ahnung, wo er die beiden Rentiere geparkt hatte. Hinterm Schuppen, sagte er sich in Gedanken immer wieder. Neben dem blauen Haus mit diesen Sternen im Fenster. Ich gehe mal in diese Richtung. Und so marschierte er los. Häuserzeile um Häuserzeile entlang, um die Ecke hier, um die Kurve dort. Erst nach einer ganzen Weile blickte der Weihnachtsmann auf. Er sah nichts, was ihm auch nur annähernd bekannt vorkam. Da begann er sich zu sorgen: Hätte ich mir bloß Spuren gelegt! Das weiß doch jedes noch so kleine Wolkenschaf, dass man sich auf der Erde den Weg merken muss. Ich bin wirklich ein Zausel! Einar und Elvar haben bestimmt schon Angst um mich.

Wenn der Weihnachtsmann mit seinen Rentieren auf der Erde übernachten musste, stellten sich die beiden gewöhnlich an lockerer Leine nebeneinander auf und legten ihre müden Köpfe auf zwei weichen Kopfkissen am Rande des Schlittens ab.

Der Weihnachtsmann selbst kroch zwischen die Geschenkpakete und deckte sich mit einer riesigen aus Rentierhaar und Sonnenstrahlen gewebten Decke zu.

Aber jetzt lagen die beiden Kissen im Heck des Schlittens. Und Einars Fuß, der seit der vorletzten Landung auf der Erde verstaucht war, würde ohne die abendliche Massage mit Weihnachtsmannspucke am nächsten Tag wieder so fürchterlich knacken, dass an ein Weiterkommen kaum zu denken war.

Mit jedem Schritt wurde der Weihnachtsmann nervöser. Er musste die beiden jetzt einfach finden. »Bitte, bitte!« Seine Worte stießen kurze graue Schwaden in die kalte Nachtluft. »Bitte, bitte! – Bitte, bitte!«

»Kann ich Ihnen helfen?« Eine junge Stimme, freundlich, bekannt! Der Weihnachtsmann blickte auf und sah – Luna. Sie hielt mit dem Fuß die Tür der Gaststätte »Zum Himmelreich« geöffnet und lehnte sich in ihrem kurzen Kellnerinnenkleid in die kalte Nachtluft hinaus. Anscheinend hatte der Weihnachtsmann einen riesigen Bogen gedreht, einen Umweg genommen, eine hoffnungslose Verirrung hingelegt und war nun, völlig verzweifelt, genau hier wieder gelandet: an der Gastwirtschaft »Zum Himmelreich«.

»Luna!« entfuhr es dem Weihnachtsmann »Wo ist mein Schlitten?«

»Ihr Schlitten?«

»Mein Schlitten!«

»Keine Ahnung«, sagte Luna. »Wo haben Sie Ihren ›Schlitten‹ denn abgestellt?«

»Hinterm Schuppen.«

»Hinterm Schuppen, so, so.«

»Neben dem blauen Haus mit diesen Sternen im Fenster. Bitte, Luna, Einar und Elvar haben kein Kopfkissen, und Einars Bein und ... bitte, Luna, helfen Sie mir.« Der Weihnachtsmann flüsterte fast. Er fühlte sich so jämmerlich.

Aber jetzt war ja Luna da, seine himmlische Verbündete, sein Mondschein auf Erden. Luna würde schon wissen, was zu tun war. Bald würde alles wieder gut.

»Blaues Haus mit Sternen also ...« Luna stockte und sah sich den Weihnachtsmann ganz genau an. War dieser Mann verrückt? Wieso suchte er einen Schlitten? Wer waren Einar und Elvar? Luna sah auf den Finger ihrer rechten Hand. Wieso konnte dieser abgerissene Mann ihr so einen wunderschönen Ring schenken? Überhaupt, der Ring, der löste in Luna Gefühle aus, wie sie sie nie zuvor gespürt hatte. Gefühle, die sie nur als »himmlisch« bezeichnen konnte: unangreifbar, heil, liebevoll und frei fühlte sie sich, seit sie den Ring an ihren Finger gesteckt hatte. Und dieser alte Mann, dieser Penner, Landstreicher, Zechpreller, der hatte ihn ihr geschenkt.

»Ich weiß, welches Haus Sie meinen«, sagte Luna. »Karpartenstraße 5, am Feldrand, der Schuppen sieht ziemlich verfallen aus. Sie gehen geradeaus, die zweite rechts, biegen gleich links, dann wieder rechts ab, um das Einkaufszentrum drum rum, dann etwa tausend Meter an der Ausfallstraße entlang und an der großen Eiche wieder nach rechts. Es ist das letzte Haus in der Straße.«

»Gut«, sagte der Weihnachtsmann und machte sich sofort auf den Weg.

Luna blieb noch eine ganze Weile in der offenen Tür stehen. Nach und nach verschmolz der ausgeblichene Mann mit der Nacht. Luna wunderte sich. Am meisten über sich selbst. Sie kannte gar keine Karpartenstraße. Sie kannte auch kein blaues Haus. Und trotzdem stimmte die Wegbeschreibung. Da war sie absolut sicher. Seltsam, dieser alte verwaschene Mann …

Aus dem Inneren der Gaststube schrillte die Stimme des Wirtes: »Frollein Luuuuna! Sie werden fürs Arbeiten bezahlt, nicht fürs Rumstehen. Hopphopp!«

»Hopphopp«, das war neben »Frollein« das andere Wort, das Luna auf den Tod nicht ausstehen konnte. »Ja, Herr Wirt«, sagte sie scharf, ließ die schwere Wirtshaustür zufallen und ging wieder an ihre Arbeit.

Der Weihnachtsmann, so entkräftet er war, rannte. Keuchend und fast blind vor Anstrengung hastete er den Weg entlang, den Luna ihm beschrieben hatte.

Links, rechts … Als er um das Einkaufszentrum

herumkam, prallte er mit voller Wucht in etwas hinein. Ein küssendes Paar schrie auf. Und schimpfte wütend hinter ihm her, als der Weihnachtsmann nur »Entschuldigung« japsend davoneilte. Ein Auto kam mit quietschenden Bremsen gerade noch zum Stehen, als der Weihnachtsmann über die Straße hetzte. Und ein Hund, der die Verfolgung dieses vermeintlichen Fluchttieres aufgenommen hatte, gab eine Weile später einfach wieder auf.

Schließlich entdeckte der Weihnachtsmann eine riesige Eiche. Er bog nach rechts ab und – da stand das blaue Haus! Da waren diese Leuchtsterne an die Fenster geklebt. Und da stand auch der Schuppen und hinter dem Schuppen – sein Schlitten.

»Dem Himmel sei Dank!«

Der Weihnachtsmann ließ sich auf das Trittbrett fallen, schnaufte und röchelte, spürte sein Herz im Viervierteltakt klopfen, streckte Arme und Beine von sich und ließ das Blut in seinem Weihnachtsmannkörper kreisen. Langsam kam er zu sich. Und langsam überkam ihn leider auch die Gewissheit, dass hier etwas fehlte. Jemand fehlte, genauer gesagt. »Einar? – Elvar?« Ganz leise und zittrig klang seine Stimme. Keiner antwortete. Der Weihnachtsmann hievte sich hoch, auf bleiernen Füßen schlich er um seinen Schlitten herum, schaute darunter, schob schwerfällig die Restgeschenke zur Seite, wankte auch noch ein paar Schritte hinter den Schuppen und wusste doch schon längst Bescheid. Die Rentiere waren fort.

»Himmel«, seufzte der Weihnachtsmann. Mehr kam ihm nicht aus der Kehle.

»Himmel.« Dann zog er seine kleine Taschenlampe, mit der er sonst die Klingelschilder mit seiner Zustellliste abglich, aus dem Inneren seines abgewetzten Mantels hervor. Kreuz und quer leuchtete er seinen Schlitten ab.

Er fand nichts. Kein Zeichen, keine Spur.

Plötzlich wurde dem Weihnachtsmann ganz heiß. Was, wenn jemand seine beiden Rentiere entführt hatte? Einer, der Böses vorhatte, der zum Beispiel mit dem Zoo in enger Geschäftsbeziehung stand. Oder – der Weihnachtsmann wagte es kaum zu denken – mit der Tierversuchsanstalt? Oder gar mit dem Schlachthof?! Irgendetwas musste er tun. Jetzt. Sofort.

Bloß was? Und mit seiner ins Unermessliche steigenden Ratlosigkeit kam dem Weihnachtsmann die Wut. Was war eigentlich los mit der Himmelsabteilung? Schliefen die alle? Oder saßen rum da oben auf ihren dicken Hinterteilen und guckten zu? Genossen womöglich seine Hilflosigkeit. Lutschten Nebelbonbons und reichten das große Fernrohr in der Runde herum.

»Ihr Stubenhocker!«, schrie der Weihnachtsmann. »Meine Rentiere sind weg!«

Keine Antwort.

»Ja, vielleicht hab ich Fehler gemacht, vielleicht war ich zu lang in diesem Wirtshaus, kann ja sein, aber jetzt geht es um Leben und Tod!«

Der Himmel zeigte kein Interesse.

»Antwortet!«, fing der Weihnachtsmann wieder an zu schreien. »Verdammt, gebt mir ein Zeichen! Ich, Euer Weihnachtsmann, stehe hier auf der Erde, und ich weiß verflixt noch mal n i c h t w e i t e r !!!«

Aber der Himmel rührte sich nicht. Keine Wolke schob sich zur Seite, kein Stern begann zu glühen, und niemand ließ einen Zettel vom Himmel fallen.

Nur eine Stimme erscholl. Die allerdings kam eher aus dem Fenster des Hauses gegenüber, und himmlisch klang sie ganz sicher nicht.

»Halt den Rand da draußen, du Penner, sonst hol ich die Polizei! Das ist Ruhestörung, verstanden?« Und als der Weihnachtsmann nicht antwortete, ging es immer weiter. «Hau ab, hab ich gesagt. Hier ist kein Platz für solche wie dich, solche Bekloppten. Verpiss dich, zieh Leine!«

»Herr Starkbier, ist gut jetzt. Sonst hol ich wegen Ihnen die Polizei. Gehen Sie schlafen.« Jetzt war am blauen Haus ein Fenster geöffnet worden. Eine dicke Frau im Nachthemd guckte heraus, und nachdem Herr Starkbier erstaunlicherweise sofort auf die Worte der Frau gehört und sich in sein Gemach zurückgezogen hatte, richtete diese ihre Aufmerksamkeit auf den Weihnachtsmann. »Und Sie? Ist das Ihr Schlitten?«

Der Weihnachtsmann nickte.

»Sind das etwa auch Ihre Hirsche? Diese beiden vernachlässigten Kreaturen konnten kaum die Köpfe heben, als ich sie hier draußen in der Kälte fand.

Angegurtet an dieses halbzerfallene Gestell, mit dem Sie vermutlich ›Wintersport‹ betreiben.«

»Haben Sie …?«, wollte der Weihnachtsmann sich weiter erkundigen.

Die Frau jedoch unterbrach ihn sofort. »Tierquäler«, brüllte sie, dann knallte sie das Fenster zu.

Der Weihnachtsmann kombinierte. Die Hirsche, das waren Einar und Elvar. Die Frau hatte sie sozusagen oder vielleicht sogar tatsächlich gerettet. Sie waren also am Leben und befanden sich allem Anschein nach jetzt in Gesellschaft dieser Frau, also in ebenjenem blauen Haus. »Na gut, dann sehen wir morgen weiter«, murmelte der Weihnachtsmann einigermaßen erleichtert. Er kletterte auf den Schlitten, kroch zwischen die Geschenkpakete und griff nach seiner warmen Decke. Schlafen. Nach diesem beschwerlichen Tag nichts als schlafen.

Leider war die Decke auch weg. Vielleicht hatte die Frau sie für Einar und Elvar mitgenommen. Ohne Decke kein Schlaf. Das war klar.

Der Weihnachtsmann drückte zaghaft auf den von Blumen und Elfenbildern umrankten rosafarbenen Klingelknopf. Er trat einen Schritt zurück und bekam trotzdem einen Schreck, als mit Schwung die Tür aufgerissen wurde.

Herausfordernd stand die lila benachthemdete, dicke Dame vor ihm. »Was wollen Sie? Ihre Hirsche? Nix da. Die beiden haben Besseres verdient. Die geb ich nicht raus. Und Ihnen schon gar nicht.«

»Kann ich sie sehen, bitte?«, fragte der Weihnachtsmann.

»Sehen? Wie ihnen die Rippen aus dem Fell stehen? Abgemagert, wie sie sind! Wie lange quälen Sie die beiden schon, hä?«

»Tja, ich weiß gar nicht, zweihundert Jahre, vielleicht dreihundert. Es ist ihr Beruf.«

»Beruf, ja? Und Ihr Beruf ist das Schinden, nicht wahr? Und dann noch schlechte Witze reißen. Haha, dreihundert Jahre, sehr lustig. Die armen Tiere.«

»Es sind Rentiere. Und ich bin der Weihnachtsmann. Wir sind alle drei überarbeitet. Bitte, lassen Sie mich mit den beiden sprechen.«

»Ach, sprechen tun Sie trotzdem mit ihnen, ja? Ist ja süß. Was sagen Sie denn so: ›Heute gibt's die Peitsche und erst in einer Woche wieder was zu essen?‹«

Gerade wollte der Weihnachtsmann erneut zu einer Erklärung anheben, da stockte die Frau und besann sich. Was hatte sie da gerade gehört?

»Der Weihnachtsmann?« Man konnte das Klicken in ihr geradezu hören.

»Jawohl«, beeilte sich der Weihnachtsmann zu bestätigen. Aber gegen diese Wahrheit schien die dicke Dame wohl doch resistent zu sein.

»Pah, wahrscheinlich sind Sie einfach ein erbärmlicher Fetischist. Ein durchgeknallter Hirschfetischist. Traurig so was. Und die Tiere müssen drunter leiden«, fuhr sie fort.

Hinter dem breitgeschwungenen Becken der Tierschützerin konnte der Weihnachtsmann eine dunkle, leicht feuchte Nase erahnen. »Einar!«, rief er aus. «Einar, da bist du ja. Ist Elvar bei dir? Seid ihr okay?«

Einar gab keine Antwort.

»Die Dame, was hat sie euch zu essen gegeben? Du weißt doch, Elvar verträgt das Menschenessen überhaupt nicht. Und dein Fuß? Tut mir leid, ich hab's einfach vergessen.«

Einar rümpfte die Nase.

»Ich schäme mich«, kam ihm der Weihnachtsmann entgegen, aber seine Entschuldigungen zeigten keinerlei Erfolg. »Einar? Warum antwortest du mir denn nicht? Komm jetzt. Hol Elvar, wir gehen.«

Der Weihnachtsmann reichte der Frau umständlich die Hand. »Ich danke Ihnen für Ihre Mühen. Wir werden jetzt schlafen gehen. Ich habe die beiden in der letzten Zeit tatsächlich schlecht behandeln müssen. Die Umstände erlaubten nichts anderes. Weihnachten ist jetzt aber vorbei, und wir werden nach einer kurzen Verschnaufpause wieder ins Himmelreich zurückkehren. Selbstverständlich weiß ich Ihren Einsatz für die Tiere zu würdigen. Alles Gute, auf Wiedersehen.«

Die Frau rührte sich nicht. Und noch weniger rührte sich Einar vom Fleck. Er stand einfach da, hinter dieser Frau. Über seine so vertrauten Rentierlippen kam kein Wort. Im Gegenteil, er hielt sie zusammengekniffen, als müsste er sich zwingen, nichts zu sagen.

»Einar, komm«, gebot der Weihnachtsmann erneut. »Hol Elvar und bringt meine Decke mit.«

Nichts.

»Einar. Komm jetzt!«

Einar kam nicht. Aber Elvar. Der guckte nun links hinter der Tierschützerin hervor. Der guckte richtig blöd. Extra spöttisch blöd. Der tat so, als wäre er ein ganz gewöhnlicher, dafür aber umso blöderer Hirsch. Und dann streckte er ihm die Zunge raus.

»Sag mal«, begann der Weihnachtsmann empört, »bist du übergeschnappt? Wir gehen jetzt, hab ich gesagt. Packt eure müden Knochen, holt meine Decke und kommt!«

In diesem Moment krümmte Elvar seinen Rücken, gab drei schnorchelnde Rülpser von sich und erbrach dann das kurz zuvor genossene Menschenessen auf die nackten Füße der vor ihm stehenden Frau. Die kreischte kurz auf, wollte sich ekeln, überlegte es sich aber blitzartig anders und herrschte den Weihnachtsmann an: »Jetzt reicht's. Verschwinden Sie. Ihr Hirsch wird krank, wenn er Sie sieht. Und Sie quatschen auf die beiden ein. Diese fürchterliche Vermenschlichung von Tieren. Sie sind total egozentrisch, Sie …«, die Dame kramte in ihrem Wortschatz, »Sie … Sie … Sie Weihnachtsmann, Sie!«

Hinter ihrem Rücken lächelte Einar ein sehr schiefes Lächeln, und über seine Lippen kam nun doch ein Wort. Ein einziges: »Streik«.

Endgültig verwirrt versuchte der Weihnachtsmann

noch, die Frau wenigstens zur Herausgabe seiner Decke zu bewegen, aber jetzt gab es bei der Tierschützerin kein Halten mehr. »Hinaus!«, sagte sie nur noch, griff sich einen in der Ecke lehnenden Besen und fegte den Weihnachtsmann schwungvoll und bestimmt aus dem Haus.

Gib dir Saures

Geradeaus, die zweite rechts, links, dann wieder rechts … Der Weihnachtsmann war sich sicher, dass das Frollein Luna dies genau so gesagt hatte. Also musste er, um wieder in die Stadt zu kommen, den Weg einfach umgekehrt zurückgehen, als ob man einen Film rückwärts abspult. Schnurgerade an der Straße der Intuition entlang.

Nun irrte er schon wieder seit eineinhalb Stunden durch die verlassene Gegend und keuchte Eisnebelwolken in die klare Winterluft.

Bis zum Einkaufszentrum hatte er den Weg ohne Probleme gefunden, dann jedoch begonnen nachzudenken. Und wie so oft, wenn er einmal ins Nachdenken gekommen war, fingen die Probleme damit erst recht an: Links um das Einkaufszentrum … oder rechts? Wäre nicht *geradeaus* eine viel erhabenere Richtung als ein abgelatschtes *links* oder ein ausgetretenes *rechts*? Der Weihnachtsmann sah sich grübelnd um. Mmh, Einkaufszentrum? Hatte Luna nicht eher von einem Firmengelände gesprochen?

Von oben blinkten die Sterne, aber ansonsten war

von dieser Stelle wieder einmal keine Erleuchtung zu erwarten. Wahrscheinlich vergnügten sich die Himmlischen Räte jetzt damit, auf ihren dicken Hintern die Milchstraße herunterzurutschen, wie sie es gerne nach den anstrengenden Weihnachtstagen zur Entspannung taten. Der Weihnachtsmann unterdrückte eine kurz aufflammende Wut. Er musste jetzt einen klaren Kopf behalten. »Also: Um das Firmengelände herum, dann links, rechts, nein wieder links … oje…«

Ohne Einar und Elvar war er schlicht verloren. Die beiden Rentiere waren mit einem bombigen Orientierungssinn ausgestattet und wussten immer, wo es langging. Ihn hielten sie, nicht ganz zu Unrecht, wie er zugeben musste, für einen kompletten Navigations-Trottel. Nachdem er sich 300 Jahre voll und ganz auf Einar und Elvar verlassen hatte, konnte er nun nicht einfach auf »Navigations-Profi« umschalten. Aber das wäre ja gelacht, wenn es ihm nicht gelingen würde, einen Weg zu finden, den er gerade erst gegangen war!

Was sind das nur für zwei bockige Exemplare von Rentieren!, dachte er, und in seinen Ärger mischte sich auch ein wenig Bewunderung. Er stampfte entschlossen den frisch gefallenen Schnee platt und umrundete das Firmengelände. Und wie Elvar der dicken Dame auf die Füße gekotzt hat. Der Weihnachtsmann kicherte etwas irr in die Nacht hinein und erschrak, als sein Echo blechern zurückschallte. Außer ihm war wirklich kein Mensch mehr unterwegs.

Mittlerweile war er an einer Hofeinfahrt angelangt, an der er laut seinen Berechnungen links gehen musste. Nun gab es in dieser Hofeinfahrt aber absolut kein Links. Es gab überhaupt nichts außer einer zwei Meter hohen Mauer, an der seine Erkenntnis aufprallte, dass er hier und in diesem Moment endgültig den Faden verloren hatte. Der Schock versetzte dem Weihnachtsmann solch einen Stoß, dass er ausrutschte und hart auf dem Boden aufplumpste. Fassungslos starrte er vor sich auf die Mauer. »GIB DIR SAURES!«, las er da in großen gelben Werbelettern.

Als Einar und Elvar vor eineinhalb Stunden partout nicht zu erweichen gewesen waren, hatte er beschlossen, einfach zum Gasthaus »Zum Himmelreich« zurückzugehen. Dort würde es sicher ein weiches Bett für ihn geben. Ansonsten würde Luna wissen, was zu tun war. Verdattert saß er nun im Schnee und begriff, dass sein Plan komplett gescheitert war. Er würde in dieser Nacht kein Himmelreich und kein Bett finden. Die Erschöpfung kroch wie eine bissige Tigerpython seine Beine empor.

Gestern war er noch ein gern gesehener, wenn auch überanstrengter Weihnachtsmann gewesen, und heute war er … ja, was eigentlich? Ein alter, ausgebleichter Mann ohne Schlitten und ohne Tiere. Ein Niemand.

Der Weihnachtsmann spürte, wie eine bleierne Müdigkeit seine Glieder beschwerte. Auf einmal fühlte sich der Schnee um seinen Körper herum sehr verlockend an. Fast wie ein warmes, weiches Ruhekissen.

Er lehnte seinen Kopf an die Mauer, und eine unsichtbare Macht begann ihn nach unten zu ziehen. Ganz tief hinein in ein Federbett, leicht wie die weichste Kumuluswolke am Himmel. Sein Oberkörper rutschte an der Mauer herab, und er versank ganz in dieser Weichheit, die ihn aufnahm wie einen lange vermissten Sohn.

Da lag er nun, der Weihnachtsmann, ganz allein auf dem Gelände einer Essigfabrik, in einer eisig kalten Dezembernacht. Und etwas in ihm fiel und fiel und fiel.

Ihm war, als schwebte er mit seinem Schlitten über eine riesige Blumenwiese. Fast schien er zu fliegen, so leicht war auf einmal alles. Einar und Elvar waren wieder so jung und so flink wie in den ersten hundert Jahren. Hinter ihm saß Luna und hielt ihren funkelnden Ring in das Sonnenlicht, so dass ein gleißender Strahl ihnen den Weg wies. Rechts und links säumten lustige Zuckerbäckerhäuschen den Weg, vor denen lachende Kinder standen. Leichthändig warf Luna ihnen glitzernd verpackte Geschenke zu, die sich hinten auf dem Schlitten auftürmten. Der Weihnachtsmann trug einen neuen, sattroten Mantel mit kostbarem Hermelinbesatz und hielt die Zügel fest in der Hand. Er schwitzte, denn es war bestimmt schon Frühsommer und die Bienen summten emsig.

Plötzlich verwandelte sich der alte Schlitten in ein knallgelbes, brummendes Motorgefährt. Lunas bunter

Schal flatterte jetzt hektisch im Wind. Sie rief: »Hallo, haaalloooo!«

»Ja, halloo!«, rief der Weihnachtsmann ausgelassen zurück und gab Gas. Der Motorschlitten preschte mit 200 Sachen durch die Landschaft.

Nun bekam Luna es mit der Angst zu tun und rüttelte an seiner Schulter: »Aufwachen, das ist gefährlich!«

»Wieso aufwachen?«, wunderte sich der Weihnachtsmann. »Ich bin doch hellwach!«

Er schüttelte die Hand an seiner Schulter ab und gab noch einmal Gas. Jetzt war alles so leicht!

»Sie erfrieren!«, rief Luna nun noch eindringlicher und schüttelte jetzt seinen ganzen Körper.

»Unsinn, es ist doch so heiß!«, murmelte der Weihnachtsmann und öffnete den Mantel, um den Fahrtwind an seinen Körper zu lassen. »Viel … zu … heiß.«

Aber warum war Lunas Stimme auf einmal so tief geworden? Und warum hörte sie partout nicht auf, ihn zu schütteln? Er hob widerwillig die Lider und blickte in ein freundliches braunes Augenpaar, das ihn besorgt musterte. Nein, das war nicht Luna. Ein junger Mann mit einem braunen Haarzopf und einem silbernen Ohrring beugte sich über ihn.

»Ihnen ist heiß, weil Sie erfrieren«, sagte der junge Mann nicht ganz logisch und legte eine Decke über ihn.

Der Weihnachtsmann blickte sich verdattert um. Er lag noch immer auf dem Gelände der Essigfabrik, und sein Körper war ganz im Schnee versunken.

»Ich habe Sie von da fast nicht gesehen«, der junge Mann deutete auf einen blauen Kleinbus, der ein paar Schritte entfernt mit laufendem Motor abgestellt war, »aber lassen Sie uns drin weiterreden, Sie müssen schnell ins Warme.«

Die Temperatur im Bus traf den Weihnachtsmann wie eine Feuerwand. Der junge Mann bugsierte ihn auf eine Sitzbank, die mit einem alten Schaffell bedeckt war.

Wie ein Mühlstein presste die Erschöpfung den Weihnachtsmann in das weiche Polster.

Der junge Mann goss heißen Tee aus einer Thermoskanne in einen Becher: »Hier, trinken Sie erst mal was.«

Der Weihnachtsmann ergriff ihn mühsam, denn in seinen Fingern tanzten tausend Ameisen.

»Das ist normal, wenn sie wieder auftauen«, deutete der junge Mann auf seine Hände und grinste. «Glück gehabt, diese Tour fahren wir ganz selten.«

»Wer sind Sie?«, fragte der Weihnachtsmann verwundert. Er nahm einen Schluck Tee und fand, dass er nach nichts schmeckte.

»Ich bin der Bufdi von der Wohnungslosenhilfe, Amar.« Der junge Mann streckte ihm seine Hand entgegen. »Und wer sind Sie?«

»Ich bin der Weihnachtsmann«, entgegnete der Weihnachtsmann würdevoll und versuchte, seine steife Hand auszustrecken.

Amar stutzte kurz, lachte hell auf und nahm die

Hand: »Freut mich!« Dann kletterte er auf den Fahrersitz des Wagens und löste die Handbremse. »Wollen wir dann mal los«, Amar machte eine kurze, kunstvolle Pause, »Weihnachtsmann?«

Langsam taute der derart Angesprochene wieder auf und protestierte: »Halt, stellen Sie sofort ihr Gefährt ab! Ich weiß doch gar nicht, was Sie wollen? Was ist die Losenhilfe, was ist ein Budvieh, was ist Amma?«

Der junge Mann musste wieder lachen: »Alhamdulillah, Gott sei Dank, es geht Ihnen besser!« Er stellte den Motor ab. »Also: Die Wohnungslosenhilfe kümmert sich um Obdachlose wie Sie, ein Bufdi ist einer wie ich, der freiwillig eine Zeitlang in solch einer Einrichtung arbeitet. Und Amar ist mein Name.« Der junge Mann blickte ihm im Rückspiegel in die Augen. »Okay, können wir dann?«

Doch der Weihnachtsmann war noch nicht restlos beruhigt: »Und wo bringen Sie mich hin?«, fragte er misstrauisch.

»Wir fahren jetzt ins Obdachlosenheim, dort können Sie eine Nacht in einem warmen Bett schlafen, okay?«

Das hörte sich eigentlich ganz verlockend an, doch der Weihnachtsmann war noch immer nicht ganz zufrieden. »Und warum haben Sie so einen komischen Namen? Den habe ich hier noch nie gehört!« Der Weihnachtsmann hatte, ehrlich gesagt, ohnehin nicht viele Namen auf der Erde kennengelernt, aber in diesem Fall schien ihm eine kleine Notlüge erlaubt.

»Meine Eltern kommen aus dem Libanon, ich bin hier geboren. Und jetzt fahren wir los, ja? Vielleicht braucht noch jemand Hilfe da draußen.« Der junge Mann startete den Wagen erneut und legte krachend den Rückwärtsgang ein.

Der Weihnachtsmann war beruhigt: ein Fremder also, wie er selbst. Fast hörte er vor lauter Getöse nicht, was Amar noch sagte: »Amar ist im Übrigen Arabisch und heißt: der Mond.« Er bog auf die Straße ab und lenkte den Wagen in Richtung Stadtzentrum.

Der Weihnachtsmann saß grübelnd auf dem Rücksitz und merkte gar nicht, wie Haus um Haus an Ihnen vorbeiflog. Der Mond? Kann das ein Zufall sein? Ist dies womöglich Luna in Gestalt eines Mannes? Er sah prüfend nach vorn. Die Ähnlichkeit war allerdings verschwindend gering. Oder ist Amar ein weiterer Verbündeter, den der Himmel mir geschickt hat? Vergnügen sich die da oben vielleicht doch nicht nur? Jedenfalls machte Amar einen vertrauenswürdigen Eindruck, und der Weihnachtsmann fühlte sich sicher. Müde lehnte er sich in die Polster der Rückbank und schloss ein wenig die Augen. Erst als sie in einen Hinterhof einbogen und an einem flachen Gebäude hielten, wurde er wieder wach.

Amar brachte ihn zur Tür des Hauses und legte den Finger auf den Mund: »Wir müssen ganz leise sein, die anderen schlafen schon.« Sie kamen in einen Flur, von dem mehrere Zimmer abgingen. Er öffnete eine Tür: «Hier ist ein freies Bett. Morgen früh können

Sie duschen und bekommen drüben in der Küche ein Frühstück, okay?« Amar sprach sehr gedämpft, denn in den Stockbetten schliefen mindestens zwei weitere Personen.

Der Weihnachtsmann nickte, machte aber keine Anstalten, das Zimmer zu betreten.

»Gehen Sie ruhig rein! Morgen früh sehen wir uns wieder.«

Der Weihnachtsmann zögerte, trat nahe an den Obdachlosenhelfer heran und flüsterte: »Danke.«

»Schon gut«, nickte Amar und wollte sich abwenden, doch der Weihnachtsmann hielt ihn leicht am Ärmel fest.

»Ich bin wirklich der Weihnachtsmann.«

Der junge Mann sah ihm ruhig in die Augen: »Ich weiß. Jetzt schlafen Sie erst mal!«

Der Weihnachtsmann tapste blind in das Zimmer, fand das freie Bett und legte sich darauf. Zwei Minuten später schlief er bereits tief und diesmal traumlos.

Am nächsten Morgen weckte ihn ein Geruch von verbrannten Waldeicheln. Er war ja schon daran gewöhnt, dass das Essen hier unten anders schmeckte, aber dieser Gestank war nun wirklich gewöhnungsbedürftig. Er stand auf und wusch sich am Waschbecken im Zimmer ein wenig das Gesicht. Die anderen waren wohl schon auf.

In der Küche saßen drei Leute am Tisch, und Amar machte sich am Herd zu schaffen.

»Einen recht schönen guten Morgen, die Herrschaften«, sagte der Weihnachtsmann und verbeugte sich wohlerzogen.

Der größte und dickste unter den Anwesenden blickte auf, hob eine Augenbraue und dröhnte: »Watt bist'n du für 'ne vornehme Stadtratte? Etepetete, oda watt?«

Die beiden anderen stimmten willig in sein donnerndes Lachen ein.

Der Weihnachtsmann lachte aus Höflichkeit ein wenig mit und setzte sich dann verlegen an einen freien Platz.

Amar kam mit zwei Kannen auf ihn zu: »Guten Morgen, möchten Sie Kaffee oder Tee?«

Der Weihnachtsmann erinnerte sich an den komischen Blitzeistee im Gasthaus »Zum Himmelreich« und den geschmacklosen Tee im Obdachlosenbus und wählte das andere, dunkle Getränk. Er blickte sich unbehaglich in der Runde um und sah außer dem Dicken, der sich gerade etwas Essbares in den Mund schob, einen älteren, haarlosen Mann mit grimmigen grauen Augen. Daneben saß eine dünne Frau, die eigentlich nicht sehr alt war. Doch ihr Gesicht war von der Witterung gegerbt und ihre Hände waren rauh und rissig.

»Wie heißt'n, Kolleje?« Wieder war es der dicke Obdachlose, der ihn ansprach.

»Ich bin der Wei…«, wollte der Weihnachtsmann gerade arglos verkünden, als er den warnenden Blick von Amar auffing. Um Zeit zu gewinnen, nahm er erst mal einen Schluck aus der Kaffeetasse. HIMMEL! Das schmeckte ja noch viel übler, als der Blitzeistee gestern! Er verzog das Gesicht, und ihm dämmerte, was den widerlichen Waldeichel-Geruch verursacht hatte. Die Frau schob ihm wortlos Milch und Zucker hin.

»Na, wat iss'n?«, drängte der Dicke. »Weeßte nich, wie de heißt?«

»Ich bin … der …äh, der Wei…mann.«

»So, der Weimann also, wa? Is dit'n Vorname oda'n Nachname?«

Der Weihnachtsmann schaufelte stumm Zucker in seine Tasse und goss das halbe Kännchen Milch dazu. Schlimmer konnte das Getränk ja nun nicht mehr werden. »Beedet«, antwortete er dann.

Der Dicke zog gefährlich die Augenbraue nach oben.

»Äh, beides«, beeilte sich der Weihnachtsmann zu sagen. Er nahm erneut einen Schluck aus der Tasse, und nun schmeckte es zu seinem Erstaunen ganz erträglich.

»Weimann also, jut. Dit is der Theo – Vorname, und dit die Ilse – Kurzname, und ick bin der Reverend – Schimpfname.« Der Dicke biss zufrieden in ein flaches Gebäck, das mit etwas Rotem bestrichen war.

»Angenehm.« Dem Weihnachtsmann knurrte sehr vernehmlich der Magen, und er blickte hilfesuchend zu Amar, der müde an der Spüle lehnte.

»Hier ist Selbstbedienung, auch für vornehme Herren.«

Der Weihnachtsmann fing den feindseligen Blick des Haarlosen auf, mit dem er ihm einen weißen Fettblock und ein Glas mit roter Masse über den Tisch zuschubste. Gerade noch konnte er das Glas auffangen, ehe es über die Tischkante hinausschoss. Doch was sollte er damit? Er schielte noch einmal auf den Teller des Dicken, nahm ratlos eine Scheibe aus dem Korb und legte sie auf seinen Teller. Wozu war bloß der weiße Fettblock da?

Der Weihnachtsmann bestrich sich zunächst umständlich die eine Brothälfte mit dem roten Aufstrich und beschloss dann, die andere mit der Fettmasse zu bedecken, so dass sie exakt voneinander getrennt waren. Dann biss er abwechselnd einmal in die rote, einmal in die weiße Seite und kaute andächtig. Was sollte er sagen, es war äußerst schmackhaft! Rasch war das Brot ganz in seinem Mund verschwunden. Er griff sich das nächste und bestrich und aß es ganz genauso. Und danach noch eins und noch eins und noch eins.

Als er endlich gesättigt war und wieder aufblickte, sah er vier Augenpaare auf sich gerichtet: ein freundliches von Amar, ein feindliches vom Haarlosen, ein spöttisches vom Reverend und ein gleichmütiges von Ilse.

»Jibt dit da wo de herkommst nüscht zu beißen?«

Der Weihnachtsmann bemerkte auf einmal, dass er den Brotkorb ratzekahl leer gegessen hatte, und schämte sich. »Doch«, stotterte er, »aber … unser

Vollmondbrot ist nicht … so köstlich wie dieses helle Gebäck und …«

»VOLLMONDBROT, so. Biste wohl vom Himmel jefallen, oda wie oda wat?«

Der Weihnachtsmann blickte den Reverend erstaunt an: »Stimmt, woher wissen Sie?«

Der Reverend stutzte kurz, lachte dann dröhnend: »Weimann, der war jut, der war jut.« Er lachte, bis ihm die Tränen aus den Augen schossen, krümmte sich, rief immer wieder »Vollmondbrot« und zeigte dabei mit dem Finger auf den Weihnachtsmann. Die anderen stimmten freudig in sein Gegröle ein.

Der Weihnachtsmann freute sich, dass er eine derart gute Stimmung hervorgerufen hatte, wusste aber nicht, warum.

Plötzlich hörte der Dicke auf zu lachen, wischte sich die Tränen aus den Augenwinkeln, erhob sich, tippte mit zwei Fingern einmal kurz an seine Stirn, sagte: »Die Flischt ruft«, und war verschwunden.

Die Wirkung, die sein plötzlicher Abgang hinterließ, war beträchtlich: Der Weihnachtsmann fühlte sich sofort wieder ein wenig verlorener auf der Erde.

Ilse, die eben noch heiter gelacht hatte, sank in sich zusammen wie ein selten gegossenes Schattengewächs. Amar, die ganze Zeit müde an die Spüle gelehnt, begann augenblicklich, hektisch das Geschirr einzusammeln. Nur der Haarlose, dessen Name sich der Weihnachtsmann partout nicht merken wollte, hatte selbst beim Lachen sein feindseliges Gesicht behauptet. Der Weihnachtsmann schloss aus dem starken Effekt, den der Reverend auf seine Umgebung hatte, dass er so eine Art irdischer Magier war, der einen Zauberbann um die Menschen legen konnte.

Amar trat an den Tisch, klopfte zweimal kurz mit den Fingerknöcheln darauf und sagte: »So Leute, es ist bald zehn Uhr, ihr müsst los.«

Verblüfft stellte der Weihnachtsmann fest, dass sich Ilse und der Haarlose sofort und ohne aufzumucken erhoben. Wenn im Himmel jemand zu einer gemütlichen Runde sagen würde, sie müsse auf der Stelle hinaus, gäbe es so lange Gemurre und Gezeter, bis der Fordernde entnervt aufgeben würde. Hier jedoch schien Gehorsam eine sehr verbreitete Eigenschaft zu sein.

Der Weihnachtsmann wollte es den anderen gleichtun, doch Amar drückte ihn sanft auf seinen Stuhl zurück. »Moment, ich muss noch kurz Ihre Personalien aufnehmen.« Er drehte sich zum Küchenschrank und wühlte in einer der Schubladen.

Währenddessen ging der Haarlose aufreizend langsam am Weihnachtsmann vorbei, beugte sich zu ihm herab, so dass sein Gesicht sehr nah an seinem war, und sagte: »Ich hab dich im Visier, Weimann.«

Sein übler Atem raubte dem Weihnachtsmann fast den Verstand, und er konnte nur ergeben nicken. Fast betäubt sah er, wie der Haarlose den Raum verließ und Ilse kraftlos hinterherschlurfte.

»Machen Sie sich nix draus.« Amar setzte sich mit einem Formular ihm gegenüber an den Tisch und lächelte ihm aufmunternd zu: »Bei uns sagt man: Bellende Hunde beißen nicht.«

Der Weihnachtsmann hatte jedoch beim Geschenkeausfahren schon viele bellende Hunde erlebt, und manch einer hätte durchaus zugeschnappt, wenn er nicht rechtzeitig die Flucht ergriffen hätte. Daher hoffte er, den Haarlosen so schnell nicht wieder zu treffen.

Amar knipste auf das Ende eines Kugelschreibers und überflog beflissen die Liste. »Ich brauche Ihren Namen, den letzten Aufenthaltsort, die Nationalität … den Namen weiß ich ja.« Er trug den Namen in das Formularfeld ein: »WEIMANN. Wann sind Sie geboren, Herr Weimann?«

»Wie, geboren?« Der Weihnachtsmann blickte ratlos drein.

»Na, wann sind Sie auf die Welt gekommen?«

Der Weihnachtsmann überlegte: »Nun, das war diesmal schon am … 21. Dezember.« Amar notierte 21.12. auf sein Formular. »Und in welchem Jahr?«

»Na, dieses Jahr«, antwortete der Weihnachtsmann verwirrt.

«Ich meine, in welchem Jahr …« – wie konnte Amar nur das Wort »geboren« umschreiben? – »… in welchem Jahr … gab es Sie zum ersten Mal?«

Langsam wurde dem Weihnachtsmann dieses Spiel zu blöd. Im Himmel stellte einem niemand solche dämlichen Fragen. Es genügte einfach, dass man da war.

»Das ist bestimmt schon 300 Jahre her, dass die Menschen mich erfunden haben.«

Der Obdachlosenhelfer runzelte die Stirn und trug dann »unbekannt« in das Formularfeld für Geburtsjahr ein. »Gut, die Nationalität ist ja wohl deutsch, nicht?« Ohne aufzusehen, trug er eilig ein D in das Formular ein. »Dann bliebe noch der letzte Aufenthaltsort?«

Dem Weihnachtsmann war mittlerweile klargeworden, dass er auf der Erde, wenn Weihnachten vorbei war, ein gewisses Glaubwürdigkeitsproblem hatte. Daher hängte er an die Antwort »Im Himmel« gerade noch ein »…reich« hinten dran und ergänzte: »Gasthaus ›Zum Himmelreich‹.«

»Ach so?«, wunderte sich Amar und trug das Genannte ein, »Sie dürfen nicht hier übernachten, wenn Sie genug Geld für ein Zimmer haben.« Er zuckte bedauernd mit den Schultern. »Die Vorschriften.«

»Nein, nein, ich habe dieses Geld nicht«, bekräftigte der Weihnachtsmann wahrheitsgemäß und drehte Amar seine leeren Handflächen hin.

»Dann ist ja gut. Das war's auch schon.« Amar lächelte ihn freundlich an. »Ich muss Sie dann bitten …«

»Ich hätte zuvor noch eine Frage.«

»Ja, gerne.«

»Dieses Geld …«

»Ja?«

»Wo kann man es kaufen?«

Amar war schon daran gewöhnt, dass der Neue ein

seltsamer Vogel war. Vielleicht hatte er durch einen Schock sein Gedächtnis verloren und war deshalb auf der Straße gelandet. Daher erklärte er geduldig: »Nun, entweder müssen Sie auf der Straße betteln gehen«, er musterte das unschuldige Gesicht des Weihnachtsmannes, »aber ich glaube, das ist nichts für Sie. Oder Sie müssen sich eine Arbeit suchen.«

»Aha«, sagte der Weihnachtsmann, »und wo bekomme ich solch eine Arbeit?«

»Ganz einfach«, erklärte Amar, »Sie melden sich bei der Arbeitsagentur und schauen, ob es was Passendes für Sie gibt.« Er sah den Weihnachtsmann von oben bis unten an. »Aber vorher müssen wir noch ein wenig, lassen Sie es mich so ausdrücken, an Ihrer Außenwirkung arbeiten. Da gibt es einen gewissen Optimierungsbedarf.« Amar grinste schelmisch übers ganze Gesicht.

Dem Weihnachtsmann fiel blitzartig ein, dass er seinen Bart im Gasthaus »Zum Himmelreich« mit Käsefäden verklebt hatte, und er senkte beschämt den Kopf. Meine Güte, so hatte er am Tisch gesessen! Außerdem war sein Mantel durch die Aktion bei der Essigfabrik nicht wirklich ansehnlicher geworden. Nein, so konnte er keinesfalls irgendwohin gehen.

»Was können wir da tun?«, fragte er verzagt.

»Ich schlage vor, Sie duschen erst mal gründlich, dann stutze ich Ihnen den Bart etwas zurecht und suche aus unserem Fundus etwas zum Anziehen heraus.«

»Nein!«, rief der Weihnachtsmann empört. »Meinen Mantel und meine Stiefel gebe ich nicht her!«

Amar war klar, dass Widerspruch zwecklos war: »Okay, aber dann müssen wir sie wenigstens gründlich ausbürsten.«

Der Weihnachtsmann dachte daran, wie er dies manchmal mit Einar und Elvar tat und wie ihr Fell danach glänzte.

»Überaus gründlich«, bestätigte er versöhnlich und hatte zum ersten Mal, seit die Rentiere in Streik getreten waren, das Gefühl, dass sich auf der Erde vielleicht doch noch alles zum Guten wenden könnte. Er konnte ja nicht ahnen, dass die irdische Arbeitsbürokratie einiges an Überraschungen für ihn bereithalten würde.

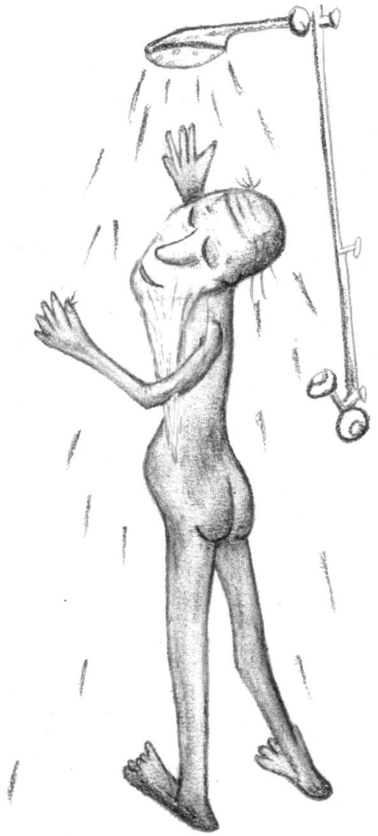

Agenten der Arbeit

»Feierabend«, sagte Amar, »ich gehe jetzt schlafen. Soll ich Sie noch ein Stück mitnehmen?«

Der Weihnachtsmann, nun geduscht, Bart gestutzt und unter seinem Mantel mit einem zitronig duftenden, blau karierten Holzfällerhemd ausgestattet, nickte. »Ja, bitte, Amma.«

»Zur Arbeitsagentur?«

»Mhm.« Der Weihnachtsmann sah ihm unsicher in die Augen, begleitete ihn dann aber beinahe unternehmungslustig zu einem kleinen, einstmals gelben Auto. Amar öffnete ihm von innen die Tür, und der Weihnachtsmann setzte sich auf den Beifahrersitz.

»Amma?«, fragte der Weihnachtsmann, nachdem sie schon eine kleine Weile mit röhrendem Geräusch und viel Dampf hinter sich herziehend gefahren waren.

»Was gibt's?« Amar, müde, wie er war, hatte den Weihnachtsmann auf eine seltsame Weise liebgewonnen. Er fühlte sich ihm gegenüber gleichzeitig wie ein Vater und wie ein Sohn. Am liebsten hätte er ihn begleitet. Wäre bei ihm geblieben und hätte dafür gesorgt, dass dieser freundliche und anscheinend sehr verunsicherte alte Mann wieder Fuß fassen konnte, eine Arbeit fand, eine Wohnung, womöglich sein früheres Leben wieder aufnehmen konnte. Klar, übertreiben sollte er es nicht. Den professionellen Abstand wahren, dachte er bei sich, wollte aber unbedingt wissen, was der Mann auf seinem Beifahrersitz ihm sagen wollte.

»Ich …« Der Weihnachtsmann stockte.

»Ja?« Amar war wirklich sehr gespannt.

»Hmh.«

»Na los, raus mit der Sprache«, ermutigte Amar ihn.

»Ich … muss eigentlich noch jemanden abholen.«

»Abholen? Wen denn?«

Der Weihnachtsmann wollte verständlich bleiben. Vielleicht kam er als Herr Weimann besser zurecht. Andererseits: Amar hatte seine Identität als Weihnachtsmann nicht angezweifelt, und so holte er tief Luft und versuchte es noch einmal: »Amma«, begann er, »ich habe meine Rentiere verloren. Einar und Elvar. Sie sind bei einer dicken Dame untergeschlüpft und haben demonstrativ ihre Arbeit niedergelegt.«

»Aha«, ließ sich Amar vernehmen, »und weiter?«

»Ohne sie komme ich nicht zurück in den Himmel.«

»In den Himmel, so, so «, sagte Amar. Innerlich kämpfte er gegen aufkeimendes Mitleid. Wollte der Mann sterben? Das war nicht nötig. Amar hatte in seiner kurzen Zeit bei der Obdachlosenhilfe schon ganz andere Gestalten wieder Fuß fassen sehen. Kürzlich hatte sogar einer eine Art Firma gegründet: »Sprudel you«, unter diesem Namen zog er mit einer Kohlensäurekartusche von Haus zu Haus und sprudelte das Leitungswasser älterer Menschen auf, die nicht mehr gerne rausgingen. Es schien einigermaßen zu laufen. Und es konnte doch nicht sein, dass sich für diesen liebenswerten Typ hier neben ihm nicht auch eine motivierende Idee finden ließe, mit der er die Lust am Leben wieder entdecken konnte. »Herr Weimann …«, begann Amar.

»Weihnachtsmann!«, unterbrach der Weihnachtsmann.

Irritiert schaute Amar ihn an. «Also gut. Herr Weihnachtsmann, es ist wirklich nicht notwendig, dass Sie sich so gehen lassen. Das Leben birgt mehr Geheimnisse, als Sie sich jetzt vorstellen können. Ihre Lage ist vielleicht schwierig, aber nicht ausweglos. Kommen Sie. Ich bringe Sie jetzt zur Arbeitsagentur. Sie schauen mal, ob die da eine passende Arbeit für Sie haben, und heute Abend kommen Sie zurück ins Obdachlosenheim. Ab acht bin ich wieder im Dienst, dann sehen wir weiter.«

Der Weihnachtsmann dachte nach. Das Leben birgt mehr Geheimnisse, als Sie sich vorstellen können, hatte Amar gesagt. Wenn dieser Junge, der arabische Mond, ein Verbündeter war, was wollte ihm der Himmel damit sagen? Sollte er sich einfach ein bisschen umgucken hier unten? Warum eigentlich nicht? Einar und Elvar schienen ja ganz gut zurechtzukommen als Hirsche. Und vielleicht könnte er Amar heute Abend seine Geschichte glaubwürdig machen. Dann bestand Hoffnung, dass dieser ihn als Fürsprecher zur Tierschützerin begleitete.

»Klar, so machen wir's«, antwortete er, und Amar seufzte erleichtert auf.

»Da sind wir schon«, sagte er und stoppte den Wagen vor einem großen eckigen Gebäude, auf dessen betongrauer Fassade ein rotes eingekreistes A leuchtete. »Machen Sie's gut. Bis heute Abend.« Er gab dem Weihnachtsmann noch ein Kärtchen, auf dem die Adresse des Obdachlosenheimes notiert war, und brauste dann knatternd und scheppernd davon.

»Gut«, sprach der Weihnachtsmann zu sich selbst. »Jetzt werde ich mal ein Menschenleben ausprobieren.« Die beiden Schiebetüren öffneten sich wie von selbst, und der Weihnachtsmann schritt, ohne weiter nachzudenken, in die Arbeitsagentur hinein.

Auf ihrem zugegeben ziemlich dicken Hintern saß Gwendolin Mandolin, eine fröhliche Angestellte des Himmlischen Rates, am Fernrohr. Heute Morgen hatte sie sich angeboten, den unerklärlicherweise noch immer abwesenden Weihnachtsmann zu suchen. Zuerst war es gar nicht aufgefallen, dass der »Rotweiße Klaus«, wie ihn hier oben manche nannten, noch nicht zurückgekommen war. Es war ja inzwischen normal, dass die Weihnachtsmänner nach den Weihnachtstagen noch die letzten Geschenke auslieferten. Als aber

Père Noël am 28. Dezember in außerordentlich desolatem Zustand hereingetaumelt war, es kaum geschafft hatte, sich die zierlichen französischen Stiefeletten von den Füßen zu ziehen und auf dem Wolkensofa im Büro in Tiefschlaf gefallen war, noch bevor auch nur ein einziges Wort hatte gewechselt werden können, kamen einige Mitglieder des Himmlischen Rates ins Grübeln.

»Der Rotweiße Klaus fehlt«, hatte Bambino mit geweiteten Augen festgestellt. »Er war noch nicht hier, oder? Ich telepathiere mal in seine Kumulusbude.«

»Ist nicht zu Hause«, konstatierte er eine kleine Weile später, und fragende Blicke wanderten in der Runde herum. Bambino schluckte. »Oh Manno, nicht, dass uns noch einer abhandenkommt«, entwich ihm eine Sorge, auf die keiner hier besonders gut zu sprechen war.

»Mir war auch, als hätte ich ihn rufen hören«, hatte Gwendolin blitzschnell angemerkt, und sofort waren die Blicke ihr zugeeilt.

»Ach ja? Warum hast du nichts gesagt?« Bambino, der massige, rosazarte Riese ließ sich in einen weichen Sessel fallen.

»Ich war unsicher«, antwortete Gwendolin, »außerdem war es nicht nett.«

»Was war nicht nett?«, schaltete sich jetzt Madame Adèle ein und zog eine ihrer strengen Augenbrauen hoch.

»Na, was er gesagt hat eben.«

»Gwendolin, wir müssen das wissen.« Madame Adèle blieb beharrlich.

Umständlich und reichlich verdreht erinnerte sich die Angestellte des Himmlischen Rates also an die längst verhallten Rufe des Weihnachtsmannes. »Er hat gebrüllt«, sagte sie, »wir sollten uns endlich melden. Wir würden im Wirtshaus sitzen und Fehler machen.«

»Krass«, sagte Bambino und versuchte, nicht zu weinen.

»Irgendwie hat er wohl seine Rentiere verloren«, ergänzte Gwendolin.

»Na drum!« Jetzt verstand Madame Adèle: »Deshalb ist er noch nicht hier. Klar, der findet doch den Weg gar nicht. Unser Rotweißer Klaus hat so gut wie überhaupt keinen Orientierungssinn. Oweia, hoffentlich ist nichts Schlimmes passiert.«

»Krass«, schluchzte Bambino noch einmal.

Und dann begann der lange Hartung, üble Phantasien an die Wand zu malen.

»Nein!« Bambino heulte auf. »Kein Blut!«

»Hartung, zügele dich«, gebot Madame Adèle, »der Rotweiße Klaus ist sicher nicht vom Lkw überfahren worden. Und wenn, dann könnte er anders damit umgehen.«

»Der lange Hartung soll den Kopf wieder dranmachen!«, schrie Bambino. »Und das Maschinengewehr weg!«

»Hartung, hör auf jetzt. Das macht es nur schlimmer.« Madame Adèle streichelte dem kichernden Hartung begütigend die linke, dem hysterisch weinenden Bambino die rechte Hand.

»Ich werde ihn suchen«, hatte Gwendolin mitten in das Chaos hinein erklärt und sich sofort ans Fernrohr gesetzt. Die anderen hatten hörbar aufgeatmet und dann das Büro verlassen.

»Tu, was du kannst«, hatte Madame Adèle ihr noch auf die Schulter geklopft, dann war auch sie verschwunden.

Eine gefühlte Ewigkeit später hatte Gwendolin das Himmelszelt gründlich durchsucht. »Er muss noch unten sein«, sagte sie zu sich selbst, »von wegen im Wirtshaus sitzen und Fehler machen, ich suche dich schon den ganzen Tag, Bürschchen.« Über das »Bürschchen« musste sie lachen. »Altes Bürschchen! Bürschchenschaftler! Hihi …« Glucksend vor Lachen richtete Gwendolin nun das Fernrohr auf die Erde, stellte »Tour-Ende Klaus« ein und suchte weiter.

Von seinem Tour-Ende war der Rotweiße Klaus topographisch betrachtet gar nicht so weit entfernt, aber in der Arbeitsagentur konnte ihn Gwendolin nicht vermuten, und so bekam sie von seinen neuen Erfahrungen als Mensch erst mal überhaupt nichts mit.

Im Foyer der Agentur für Arbeit lugten zwei etwas knitterig aussehende Frauen hinter einem fast schulterhohen Tresen hervor, vor dem sich eine Traube Arbeitssuchender gebildet hatte. Mit papierenen Nummern in der Hand standen sie da und warteten je nach

Temperament ungeduldig oder ergeben auf ihren Auftritt.

»Nummer ziehen!«, murrte eine tiefe Stimme, als der Weihnachtsmann sich den Wartenden näherte.

»Nummer ziehen?«

»Da hinten!« Eine junge Frau mit sehr zarten Gesichtszügen, aber umso bittererem Tonfall zeigte energisch ans andere Ende des Foyers.

Dort zog der Weihnachtsmann eine 888 aus einem kleinen Nummernautomaten. »888«, hauchte er, »meine Lieblingszahl. Dreimal unendlich.« Hoffnungsvoll gesellte er sich wieder der Menschentraube zu.

Die Wartenden warteten. Sie warteten. Und: warteten. Endlos schien sich die Zeit hier hinzuziehen. Dem Weihnachtsmann begannen die Füße zu qualmen. Seine Knie riefen nach einem Stuhl. Seine Neugier auf dieses Abenteuer in der Welt der Menschen schien langsam zu ersticken. Auch die Mitbewerber des Weihnachtsmannes wurden von einer kriechenden Müdigkeit befallen. Manche waren aus der Traube ausgestiegen und hatten auf den spärlich vorhandenen, metallenen Sitzen entlang der Wand Platz genommen. Dort hingen sie nun und vergaßen langsam die Sorge, den Aufruf ihrer Nummer zu verpassen.

Nur die Frau mit dem zarten Gesicht, die wurde nervös. Zuerst wackelte sie mit den Fingern, verschränkte die Arme mal in die eine, dann wieder in die andere Richtung, danach begann sie mit den Füßen zu scharren, und schließlich platzte es aus ihr heraus: »Wie lange dauert das denn???«, schrie sie. »Ich will doch nur diesen dämlichen Zettel abgeben! Das hält doch keine Sau aus, hier! Mir reicht's! …«

Ihre Worte verpufften. Ein paar Leute hatten zwar millimeterweise den Kopf gehoben, aber für eine richtige Reaktion war hier einfach keine Energie mehr vorhanden. Nur die beiden Damen hinter dem Tresen warfen sich einen vielsagenden Blick zu. Und als die Frau schließlich davonrannte, den Flur entlang, zur Tür hinaus, war sich eine der beiden Angestellten nicht zu schade, ein spöttisches »Bis morgen!« hinterherzurufen.

»Morgen ist hier wahrscheinlich noch mehr los«, verkündete die andere Dame trocken.

Und die Menschen in der Warteschleife stellten ihre inneren Uhren wieder auf »Zäh«.

»Hallo.«

Der Weihnachtsmann drehte sich um: »Hallo?«

Es schien niemand etwas gesagt zu haben.

»Hallo«, tönte es erneut, und ein kleiner Mann mit einem großen Schnurrbart blitzte ihn aus winzigen dunklen, lustigen Augen an.

»Haben Sie etwas gesagt?«, fragte der Weihnachtsmann höflich.

Die lustigen Augen wurden noch lustiger. Sie schienen sozusagen unabhängig vom Rest dieses Mannes zu lachen. Sie lachten, während Mund und Körper des Mannes vollkommen ruhig blieben. »Carlos.«

Verwirrt blickte der Weihnachtsmann um sich. Die Stimme des kleinen Mannes schien mit ihm selbst nichts zu tun zu haben.

»Bauchredner. Nicht schlecht, was? Da hab ich Sie ganz schön verwirrt!«

»Ja«, bestätigte der Weihnachtsmann, »ist das Ihre Arbeit?«

»Jupps«, jetzt sprach der kleine Mann ganz normal, »aber läuft nicht.«

Und dann plötzlich, wie aus allen Wolken gefallen, ertönte eine Stimme: »888!« Der Weihnachtsmann war dran. Er durfte nach vorn gehen und mit der linken Dame ins Gespräch kommen! Wow, damit hatte er nicht mehr gerechnet.

»Guten Tag«, sagte die Dame, »Name?«

»Weimann.«

»Nummer?«

Der Weihnachtsmann zeigte seinen Zettel.

»Nein, ich meine die Kundennummer!«

»Kundennummer?«

Die Dame stöhnte: »Wissen Sie was, hier sind die Formulare. Füllen Sie sie aus und gehen dann damit in Zimmer 42, vierter Stock, Frau Hensel.«

»Ja«, ließ der Weihnachtsmann noch verlauten, nahm das Papierbündel und koordinierte seine bleiern inspirationslosen Beine in Richtung Treppe.

Die Gänge oben wirkten eher leer. Die Zimmertüren waren geschlossen, und der Weihnachtsmann fand die 42 sofort. Er klopfte, öffnete die Tür und wollte das Zimmer betreten. Entsetztes Luftschnappen war zu hören. Zwei aufgerissene Augenpaare sahen ihn furchtsam an. Die eine der beiden Frauen hob ihre Arme, während die andere sich berappelte und gleich mit 180 Sachen loskreischte: »Was erlauben Sie sich? Hier hereinzuplatzen. Wenn Sie eine Arbeit suchen, warten Sie gefälligst, bis Sie hereingerufen werden!«

»Verdammt noch mal«, sagte sie etwas leiser zu ihrer Kollegin, die inzwischen die Arme heruntergenommen hatte und versuchte, sich eines unwillkürlich einsetzenden Zitterns zu entledigen.

»Ist schon gut, Marianne. Der tut nichts.« Sie tätschelte ihrer Kollegin die Schulter. »Raus jetzt mit Ihnen!«, schrie sie wieder dem Weihnachtsmann entgegen.

»Verzeihung«, murmelte dieser und zog die Tür hinter sich ins Schloss. »Himmel«, entfuhr es ihm, »oh, Himmel!« Der Weihnachtsmann sah sich um. Auf einem Metallstuhl an der Wand schien ein älterer Herr in Gedanken versunken, und eine Frau schob leise murmelnd einen Kinderwagen hin und her. Anscheinend hatten sie nichts mitbekommen.

»Dann schaue ich mir die Bilder an«, dachte der Weihnachtsmann matt.

»Rote Tulpen in grüner Vase« gefiel ihm ganz gut. »Landschaft ohne Autos« konnte er auch eine ganze Weile betrachten. Der Weihnachtsmann stellte sich vor, jetzt mit Amar in seiner kleinen gelben Karre diese

Landschaft zu entern. Er sah die dunklen Auspuffwolken sich über das satte Grün dieses Acryl-Gemäldes legen und freute sich. Er stellte sich vor, wie auf dem kleinen sandfarbenen Weg im Bild plötzlich Dutzende von Rindern auftauchten und überall dicke Fladen hinterließen. Sie umzingelten das gelbe Auto, guckten aus gutmütigen Augen zu ihnen hinein und ließen sich ihre mitgebrachten Hasenbrote schmecken.

Der Weihnachtsmann schmunzelte. Puh, er hatte einen Zipfel seines inneren Gleichgewichtes wiedergefunden. Und als nun die Tür des Zimmers 42 aufging und sein Name gerufen wurde, nahm er sich fest vor, sich diesen Zipfel unter gar keinen Umständen wieder entreißen zu lassen.

»Sie sind das«, begann die anscheinend aktivere der beiden Frauen. »Soll ich übernehmen, Marianne?«

»Nein, danke, geht schon.«

»Nun gut, ich bin ja da.«

Dann wandte sie sich aber doch noch an den Weihnachtsmann: »Sie sind Herr Weimann? Dann setzen Sie sich endlich! Wir haben hier nicht ewig Zeit. Marianne, wenn was ist …«

»Danke, Liese. Ist schon gut.«

Der Weihnachtsmann ließ sich auf einen kunstledernen Stuhl sinken, nicht ohne vorher vorsichtig seine Hand anzubieten, die aber von keiner der beiden Damen ergriffen wurde.

Liese schritt ins Nebenzimmer und ließ demonstrativ die Verbindungstür offen stehen.

»So, dann wollen wir mal!« Mariannes Haltung wirkte immer noch etwas angespannt. Sie nahm dem Weihnachtsmann aber entschlossen seine Unterlagen ab, tippte ein wenig auf ihrer Tastatur herum und wollte beginnen. »Sie haben ja gar nichts ausgefüllt.« Schon wurde ihre Stimme wieder unsicher.

»Oh«, sagte der Weihnachtsmann. »Oh nein! Das habe ich ja völlig vergessen.«

»Dann nehmen Sie's mit nach Hause und kommen morgen wieder.«

»Oh nein, bitte nicht!« Der Weihnachtsmann bekam Angst. Noch einmal dieses ganze Procedere würde er sicher nicht verkraften. »Könnten wir nicht…, also, könnten Sie nicht vielleicht, ich meine …, wir zusammen?«

Die Frau, die Marianne genannt wurde, sah den Weihnachtsmann an. Er hatte eine tiefe, eine sehr warme Stimme. Er blickte sie aus scheuen, aber doch freundlichen Augen an. Er wirkte sehr abgerissen, aber irgendetwas an ihm erschien ihr doch kulturvoll. Vorsichtig linste Marianne zur offenen Zwischentür. Liese war nicht in Sicht. Beinahe verschwörerisch wisperte sie: »Na gut, machen wir eine Ausnahme.«

»Danke.« Der Weihnachtsmann seufzte. Vielleicht war er nun endlich an der richtigen Stelle angekommen.

Marianne, die sich nach einer Weile als Frau Hensel vorstellte, zuständig für W und WE, las dem Weihnachtsmann alle auszufüllenden Punkte vor und trug seine teilweise sehr kryptischen Antworten direkt und nur mit leichten Abweichungen in den Computer ein. Wohnort, Familienstand und Geburtsort hatten sie unter Zuhilfenahme der Abstraktionsfähigkeit Marianne Hensels einigermaßen glücklich hinter sich gebracht.

»Und wann sind Sie geboren?« Frau Hensel blickte den Weihnachtsmann aufmunternd an.

Der Weihnachtsmann seufzte. Warum ritten die Menschen bloß immer auf diesem *»geboren sein«* herum? Er blickte vor sich auf den Tisch, wo einige bereits bearbeitete Formulare lagen: 24.12.1953 entzifferte er auf einem Blatt. Das schien ihm ein schlüssiges Geburtsdatum für einen Weihnachtsmann zu sein, also sagte er: »24.12.1953«

»Komisch«, rief Frau Hensel begeistert und tippte es in ihren Computer ein, »das gleiche Geburtsdatum hatte ich heute schon einmal! Zwei Christkinder an einem Tag!«

Erleichtert atmete der Weihnachtsmann auf. Jetzt wollte das Formular von seinen Berufserfahrungen, seinen Fähig- und Fertigkeiten wissen.

»Was haben Sie denn bisher so gemacht?«, fragte Frau Hensel.

»Ich habe Geschenke verteilt«, erklärte der Weihnachtsmann.

»Geschenke verteilt? Sie haben als Postbote gearbeitet?«, erkundigte sich Marianne Hensel lächelnd und trug die Information in die dafür vorgesehene Leerstelle ein.

Etwas an dem Mann hier wirkte auf sie wahnsinnig beruhigend. Ich habe gelächelt, registrierte sie. Seit sechs Monaten und drei Tagen zum ersten Mal wieder gelächelt. Wie der das auch formuliert, dachte sie weiter, Geschenke verteilt, süß. Irgendwie dichterisch, romantisch. »Noch etwas?«, fragte sie freundlich. »Noch etwas, was Sie gut können?«

Der Weihnachtsmann sah sie an. Was er gut konnte? Die Frage hatte sich ihm nie zuvor gestellt. Er war eben der Weihnachtsmann. Er bearbeitete die Wunschzettel, koordinierte die Packengel, fuhr mit seinem Schlitten hinunter auf die Erde und lieferte die Geschenke mehr oder weniger pünktlich bei den betreffenden Menschen ab. Das war's. Und genau darin hatte er versagt. Nicht mal seine Rentiere hielten mehr zu ihm.

»Ich glaube nicht. Ich kann nicht mal mit Tieren umgehen«, antwortete der Weihnachtsmann, »aber ich würde gerne etwas Neues probieren.«

»Wunderbar.« Marianne Hensel wurde immer weicher. Jemand, der zugab, dass er nichts konnte. Jemand, der nicht sie dafür verantwortlich machte, dass es ihm schlecht ging. Jemand, der offen war, etwas Neues auszuprobieren. Jemand, der hier »auf Arbeit« Saiten in ihr zum Klingen brachte, deren Melodie sie seit einiger Zeit nach Feierabend häufig hörte. »Etwas Neues ausprobieren, wunderbar«, sagte sie noch einmal.

Dann breitete sich ein nachdenkliches Schweigen im Zimmer aus. Die Worte »Neues« und »wunderbar«

flitzten wie kleine ansteckende Irrlichter im Zimmer umher.

»Marianne?« Im Nachbarzimmer quietschte ein Bürostuhl. Liese schaute um die Ecke. »Alles klar?«

»Ja, ja. Danke«, säuselte Marianne. »Wir suchen neue Betätigungsfelder.«

»Ich will ja nichts sagen, aber du bist über die Zeit.«

Marianne sah Liese beinahe träumerisch an. »Über die Zeit? Wirklich?«

»Ja, Marianne. Du musst zum Abschluss kommen. Wo seid Ihr denn?« Liese kam heran und beugte sich über Mariannes Bildschirm. Dann sah sie den Weihnachtsmann abschätzend an. »Ungelernt. Da können Sie doch alles machen! Und da müssen Sie auch alles machen!«

Der Weihnachtsmann blickte erschrocken auf.

»Laut §3 sind Sie zur unverzüglichen Bewerbung auf unsere Vermittlungsvorschläge verpflichtet. Sonst streicht Ihnen die Leistungsabteilung die Bezugsberechtigung.«

»Bezugsberechtigung?« Der Weihnachtsmann war verwirrt.

»Na, das Geld!«

»Ja, aber wegen des Gelds bin ich doch hier.«

»Na eben. Sind wir ja alle. Also, Marianne, biete ihm doch die Kreißler-Sachen an.«

»Kreißler-Sachen?«, fragte der Weihnachtsmann.

Aber Marianne fand aus ihren eigenen Gedanken nicht heraus. Sie sah sich selbst in einer Almhütte.

Der Senner, der ihrem Klienten hier beinahe aufs Haar glich, bat sie höflich, die Tiere auf die Weide zu führen. Danach würde sie beim Käserühren helfen und zwischendurch einige versonnene Minuten ins Tal hinabblicken.

»Kommen Sie.« Liese wandte sich an den Weihnachtsmann. »Wir machen drüben weiter.«

»Nein, lass«, ertönte Mariannes schwache Stimme. »Ich schaff das schon, Liese. Herr Weimann, wir haben einiges für Sie.« Marianne klickte wieder ein paarmal auf ihre Tastatur. »Wie wäre es mit Babysitten? Zweimal zehn Stunden die Woche. Nicht schlecht bezahlt.«

»Gern«, sagte der Weihnachtsmann, »was muss ich da machen?«

»Marianne, hallo? Die suchen ein junges Mädchen!« Liese wurde langsam nervös. Ihre Kollegin hatte tatsächlich einen ganz schönen Schlag abgekriegt. Seit ihr im Sommer dieser Verrückte ein Messer an den Hals gelegt und ihr gedroht hatte, sie umzubringen, wenn sie es wagen würde, ihm sein Arbeitslosengeld zu kürzen, hatte sich Marianne Hensel stark verändert. Die verliert sich, dachte Liese. Ich muss es melden. Hilft alles nichts. So was können wir uns hier nicht leisten.

»Lehramt? Wär das was für Sie?«, fragte Marianne.

»Jetzt zeig mal her«, unterbrach Liese, schob sich auf einen zweiten Stuhl vor Mariannes Computer, drängelte ein bisschen und machte dem Weihnachtsmann einige Angebote aus dem Imperium des zweitgrößten Arbeitgebers der Stadt. »Lagerarbeiter im Getränkegroßhandel Kreißler.«

»Ja«, sagte der Weihnachtsmann.

»Oder Anstreicher am alten Rathaus – Kolonne Kreißler.«

»Mhm.«

»Kreißlerkraft: Reinigung im Pizzaexpress.«

»Na ja«, stimmte der Weihnachtsmann auch hier zu.

»Liese, das hier ist ein sensibler Mann. Ein Künstler wahrscheinlich. Lass mich noch mal gucken.« Marianne hatte Energie zurückgewonnen und versuchte nun, das Gespräch wieder an sich zu reißen. »Ich schau mal bei den Spezialitäten«, erklärte sie, und Liese ließ sich darauf ein.

«Tierpfleger im Stadtpark. Da gibt es diese kleinen Affen. Sehr niedlich. Das wäre vielleicht was für Sie.«

Der Weihnachtsmann guckte gequält.

»Oder hier«, Marianne schien sich zu begeistern, »Krankenhausclown! Das ist doch toll! Da können Sie kleinen Kindern helfen! Da können Sie …, halt! Jetzt hab ich's: Bade- und Saunameister im Aquapark. Ist doch wunderbar! Da sind Sie den ganzen Tag am Wasser. Können Sie denn Leben retten?«

Erneut spürte Liese eine starke Verpflichtung einzugreifen. »Marianne. Gib mal her, bitte.« Liese zog die Tastatur zu sich heran, drückte ein paar Tasten, und zwei Minuten später gab sie dem schon ziemlich verwirrten Weihnachtsmann einen Zettel in die Hand.

»So, das ist es«, erklärte sie. »Straßenbahnkontrolleur. Keine schwere Arbeit, ohne besondere Vorkenntnisse zu leisten und für ältere Herren wie Sie geradezu ideal. Auf dem Zettel hier stehen alle notwendigen Informationen. Rechte und Pflichten für Sie als Kunde unserer Agentur entnehmen Sie bitte dieser Broschüre. Viel Spaß bei der Arbeit.«

»Liese…«, wollte Marianne Hensel protestieren, aber die streckte dem Weihnachtsmann resolut ihre rechte Hand entgegen, verabschiedete sich und komplimentierte ihn an ihrer Kollegin vorbei zur Tür hinaus.

Dem Weihnachtsmann rauchte der Kopf. Von drinnen hörte er, wie die beiden Kolleginnen aneinandergerieten. Der Gang in seiner bildreichen Leere erstreckte sich wieder vor ihm.

Raus mit mir, konnte er gerade noch so denken, stolperte die Treppen hinunter und verließ, ohne noch einen einzigen Blick auf die Wartenden im Foyer zu werfen, die Arbeitsagentur.

H

Fahrkartenkontrolle

»Den Schmierlappen da musst du allerdings ausziehen.« Der Anleiter für Straßenbahnkontrolleure zeigte mit angewidertem Blick auf den ausgeblichenen Mantel des Weihnachtsmanns, »wir versuchen immer, möglichst unauffällig auszusehen. Da kann man nicht wie ein Nikolaus für Arme herumlaufern.« Er kicherte. »Wir haben die Typen Hausfrau, Bankangestellter oder Penner.« Er musterte den Weihnachtsmann und wies dann auf einen dezenten olivgrünen Parka, der zusammen mit anderen Jacken an einer Wandleiste hing. »Du kommst ... äh, sorry, ... eher für Letzteren in Frage.«

Der Weihnachtsmann sah ein, dass er bei seinen ersten Arbeitsversuchen als Mensch nicht auf das Tragen seines Mantels bestehen konnte. Widerstrebend streifte er ihn ab und stopfte ihn in das oberste Fach des Spindes, den der Ausbilder ihm zuvor zugewiesen hatte.

»Toll, dass du so schnell einspringen konntest, zwei Krankmeldungen, dann der ganze Weihnachtsurlaub, ich sag's dir.«

Der Weihnachtsmann legte sich umständlich die schwarze Tasche mit dem Wechselgeld um die Hüften, die der Anleiter ihm zuvor gegeben hatte, und schlüpfte schweigend in den Parka.

»Leider ist keine Zeit für eine lange Einarbeitung. Du bist mit dem Bullen unterwegs, der wird dir dann auf dem Weg alles erklären.«

Der Weihnachtsmann nickte und betrachtete sich skeptisch in dem Spiegel, der an der Innenseite der Spindtür angebracht war. Die Verwandlung war so radikal, dass er sich beinahe selbst nicht wiedererkannt hätte.

»Bist du der Neue?«

Eine polternde Stimme schreckte den Weihnachtsmann aus seinen Gedanken, und beim Anblick ihres Besitzers wurde ihm sofort klar, warum der Ausbilder ihn »Bulle« genannt hatte. Der Typ, der sich entschlossen auf sie zubewegte, hätte problemlos die Rolle des Riesen in einer Märchenverfilmung übernehmen können. Er überragte den Weihnachtsmann um einen ganzen Kopf und war von einer derben, wenngleich nicht schwerfälligen Gestalt. Seine abgewetzte Jeans und sein grauer, dicker, ausgeleierter Wollpullover ließen wenig Zweifel daran, welcher Fahrkartenkontrolleur-Kategorie er zugeordnet worden war. Hausfrau ist es jedenfalls nicht, dachte der Weihnachtsmann und schmunzelte in sich hinein.

»Du musst immer ruhig bleiben, egal was passiert«, erklärte der Bulle auf dem Weg zur Straßenbahnhaltestelle. «Ich steige vorne ein, du hinten, dann arbeiten wir uns zur Mitte vor.«

»Zur Mitte«, wiederholte der Weihnachtsmann dumpf und hatte doch keine Ahnung, wovon der Bulle sprach. Straßenbahnen hatte er freilich schon ein paarmal gesehen, wenn er mit Einar und Elvar unterwegs war und die Fahrgäste stets um ihre warmen und trockenen Plätze beneidete. Was aber nun die Aufgabe eines Kontrolleurs war, war ihm absolut schleierhaft. Er ahnte jedoch, dass die Lösung dieses Rätsels ihm nicht gefallen würde.

Und tatsächlich fuhr der Bulle jetzt fort: »Es sind immer mehr, die keine Karte gelöst haben. Manchmal werden sie auch ausfallend oder handgreiflich, dann rufst du mich«. Er drückte selbstbewusst seinen breiten Rücken durch. »Auf jeden Fall kommen sie mit den dämlichsten Ausreden, die man sich vorstellen kann. Mal war der Automat kaputt, mal ist die Oma krank, mal der Pudel schwanger, was weiß ich.« Der Bulle machte eine abfällige Handbewegung. »Das interessiert uns aber alles nicht. Wir nehmen die Personalien auf, kassieren 40 Euro und fertig.«

Sie überquerten eine Kreuzung und sahen in einiger Entfernung eine Straßenbahnhaltestelle, auf die der Bulle nun zusteuerte.

»Aber wichtig: immer freundlich bleiben, ja?« Sie waren nun an der Haltestelle angekommen, wo der Bulle stehen blieb und sich eine Zigarette anzündete. »Du siehst mir einfach zu, alles andere wird schon.«

Er klopfte dem Weihnachtsmann aufmunternd auf den schmalen Rücken, so dass dieser fast vor die nun einfahrende Straßenbahn gestoßen wurde. Der Bulle schnippte verärgert seine Zigarette weg, schob den Weihnachtsmann in Richtung der hinteren Tür und ging dann zur vorderen. Wegen der feuchten Kälte freute sich der Weihnachtsmann auf die Fahrt in der warmen Bahn, stieg rasch in den hinteren Wagenteil und setzte sich auf einen Sitz nahe der Tür. Die Bahn war etwa zur Hälfte mit Fahrgästen besetzt.

Der Bulle war bereits vorne eingestiegen und wartete auf das Schließen der Türen. Der Weihnachtsmann beobachtete, wie er betont unauffällig aus dem Fenster blickte. Nachdem sie die ersten Meter gefahren waren, stellte er sich auf einmal breitbeinig in den Gang und sagte mit fester Stimme: »Guten Tag, Fahrkartenkontrolle!« Ein Teil der Fahrgäste blickte alarmiert auf.

Der Weihnachtsmann sprang rasch auf, stellte sich ebenfalls so breitbeinig, wie er konnte, in den Gang und sagte: «Guten Tag …«, da fuhr die Straßenbahn gerade in eine kleine S-Kurve. Er schwankte, kam aus dem Gleichgewicht, wollte sich festhalten, doch seine Hände griffen ins Leere. Die Straßenbahn fuhr nun in die Gegenkurve, so dass der Weihnachtsmann stolperte und – sich eben noch auf einen Sitz retten konnte. » … Fahrkarten…kontrolle«, vollendete er seinen Satz und blickte geradewegs in das Gesicht einer älteren Dame, auf deren Schoß er soeben Platz genommen hatte.

Die ältere Dame war, seitdem ihr seliger Hans sie verlassen hatte, keinem Mann mehr so nahe gekommen. Und wenn man etwas kurzsichtig war, konnte man den Weihnachtsmann in seiner Parka-Tarnung durchaus für einen stattlichen Kerl halten. Außerdem hatte sie eine Schwäche für Vollbärte. Hocherfreut zückte sie ihre Monatskarte und hielt sie dem Weihnachtsmann unter die Nase.

»Das ist aber ganz reizend, dass sich die Verkehrs-AG so persönlich um ihre Kundschaft kümmert«, hauchte sie und wurde rot wie ein Backfisch. Der Weihnachtsmann wurde mindestens genauso rot, sprang von ihrem Schoß auf und stammelte: »Oh, ich bitte vielmals um Entschuldigung, das ist mir … schrecklich unangenehm … Verzeihung, Verzeihung!!!!«

Nachdem er sich noch dreimal entschuldigt und die Dame mehrfach versichert hatte, dass es ihr »wirklich überhaupt gar nichts ausgemacht« habe und er »jederzeit« wieder zur Kontrolle vorbeikommen könne, schielte der Weihnachtsmann verstohlen nach vorn, um zu sehen, ob der Bulle etwas gemerkt hatte. Dieser war aber zum Glück gerade in ein Gespräch mit einem Fahrgast vertieft.

Der Weihnachtsmann ordnete erleichtert seine Kleidung und wandte sich an den nächsten Fahrgast: »Einen schönen guten Tag, die Fahrkarte, bitte.«

Die junge Frau zückte genervt einen Papierschein und hielt ihn in die Höhe.

»Danke schön«, sagte der Weihnachtsmann und

wandte sich an den Nächsten. Auch dieser zeigte ihm wieder einen Schein, und der Weihnachtsmann bedankte sich. Na, das ist ja ganz einfach, so ein Menschenberuf, jubilierte er innerlich, und ich bin im Warmen und habe Kontakt mit netten Leuten.

Er lächelte und beugte sich zu einem jungen Mann herab: »Wenn Sie bitte so freundlich wären …«

Der junge Mann griff hektisch in seine Jackentasche und zog seine leere Hand wieder heraus. Dann griff er in die andere Seite, und auch hier wurde er nicht fündig. »Ich hatte ihn doch gerade noch, das kann doch nicht sein.« Schreckgeweitet traf sein Blick die besorgten Weihnachtsmannaugen. »Er war doch gerade noch …«, suchend blickte er sich nun auf dem Boden um, »der muss mir wohl …«.

Der Weihnachtsmann spürte die Not, die von dem jungen Mann ausging. Er überlegte, was der Bulle vorhin zu ihm gesagt hatte, und legte dem Mann begütigend die Hand auf die Schulter: »Sie Armer, bestimmt war der Automat krank, was?«

Dem jungen Mann klappte die Kinnlade nach unten. War das nun eine ganz ausgebuffte Kontrolleursmasche? Doch dieser Prüfer blickte überaus freundlich auf ihn hinunter.

»G-g-g-genau«, stammelte er, »der Automat.«

»Dann muss ich wohl die Personalien aufnehmen«, sagte der Weihnachtsmann gut gelaunt und öffnete den Reißverschluss seines Hüfttäschchens. Er griff hinein und holte den Formularblock und einen Stift heraus.

Was »Personalien aufnehmen« allerdings bedeuten mochte, war eine andere Frage. Er klappte betont locker den Block auf. Erleichtert las er in der ersten Spalte: *Name, Doppelpunkt*. Ach so, das kenne ich ja von Amma und der Arbeitsagentur. Er trug seinen Erdennamen *Weimann* in das Feld ein und fuhr mit den anderen Feldern fort, wie er es bei Amar gesehen hatte. Nur mit der Spalte *Polizeilich bekannt* konnte er nicht viel anfangen. Da ihn, den Weihnachtsmann, aber eigentlich jeder kannte, schrieb er nach kurzem Überlegen ein *Ja* in das Feld. Dann steckte er den Block zufrieden in die Tasche zurück und lächelte. Der junge Mann saß noch immer mit offenem Mund da.

Der Weihnachtsmann überlegte, was nun weiter zu tun war: »Kassieren«, hatte der Bulle gesagt. Das musste etwas mit dem Wechselgeld zu tun haben, was er in seiner Tasche bei sich trug. Wechselgeld bedeutete wohl, dass das Geld den Besitzer wechseln sollte. Er griff erneut hinein, holte 40 Euro heraus und drückte sie dem jungen Mann in die Hand: »Lösen Sie beim nächsten Mal einfach zwei Fahrkarten.« Er war stolz, dass alles so reibungslos klappte und er sogar Fachvokabular wie »Fahrkarte lösen« souverän anwenden konnte. Er ließ den jungen Mann sitzen und ging zum nächsten Fahrgast, der einen Fahrschein besaß. Dann zum übernächsten, der keine Karte hatte und bei dem er die Prozedur mit den Personalien und den 40 Euro wiederholte und immer so weiter, bis er in der Mitte der Bahn auf den Bullen traf.

»Und, hat alles geklappt?«

»Kein Problem«, antwortete der Weihnachtsmann selbstsicher.

»Waren Schwarzfahrer dabei?«

»Schwarzfahrer?«

»Na, Leute ohne Fahrkarte«, wunderte sich der Bulle.

Der Weihnachtsmann nickte: »Der Automat war krank.«

Der Bulle lachte: »Die Ausreden werden auch immer blöder.« Er sah in den hinteren Wagenteil, über dem eine seltsame Heiterkeit lag. Ein junger Mann blickte blöde mit offenem Mund zu ihnen. Das war merkwürdig, doch er konnte nicht weiter darüber nachdenken, denn sie waren an der Haltestelle angelangt, an der sie in eine andere Linie wechseln mussten.

In der zweiten Bahn fühlte sich der Weihnachtsmann schon wie ein Kontrollprofi. Der Unterschied zum Geschenkeverteilen war nicht sehr groß, nur dass sich die Leute erst einmal nicht so freuten, ihn zu sehen. Er ging mit charmantem Lächeln von Sitzbank zu Sitzbank, und alle hielten ihm ihre rechtmäßig erworbenen, papiernen Scheine oder Plastikkarten vors Gesicht.

Schließlich kam er zu einer Frau mittleren Alters, die ein buntes Tuch dramatisch um ihr schwarzes Haar getürmt hatte und hochmütig aus dem Fenster starrte. Unter ihrem Sitz lag ein wuscheliges braunweißes Bündel.

Der Weihnachtsmann näherte sich ihr vorsichtig

und sagte: »Entschuldigen Sie die Störung, dürfte ich eventuell Ihre Fahrkarte sehen?«

Sehr langsam drehte sie den Kopf, musterte den Weihnachtsmann von oben bis unten, ein kurzes »Pfffh« entwich ihren kaum geöffneten Lippen, dann drehte sie den Kopf wieder zurück.

Der Weihnachtsmann wiederholte sein Ansinnen, doch diesmal wandte die Frau noch nicht einmal den Kopf. Er überlegte, was nun zu tun war, und sah sich hilfesuchend nach dem Bullen am anderen Wagenende um. Dieser packte gerade einen Fahrgast am Kragen und hielt ihn am ausgestreckten Arm, so dass er mit den Beinen in der Luft zappelte. Das war also das, was der Bulle unter »unbedingt freundlich bleiben« verstand? Der Weihnachtsmann sah wieder zu der Frau, die noch immer keinerlei Reaktion zeigte. Sicherlich war sie eine Künstlerin, die man nicht mit einem rohen Umgang verstören durfte! Er beugte sich behutsam zu ihr herab und flüsterte fast: »War vielleicht ihr Pudel kaputt?«

Zwei Sekunden später wünschte sich der Weihnachtsmann, er hätte die Frau niemals angesprochen, denn was nun über ihn hereinbrach, konnte man problemlos als »Tornado« bezeichnen.

Sie schrie mit einer gutausgebildeten Opernstimme und wutverzerrtem Gesicht direkt in sein ihr zugewandtes Ohr: »PUDEL? Das ist ein Lagotto Romagnolo, ein italienischer Trüffelhund, Sie Kretin!« Wie zur Bekräftigung schoss das Fellbündel unter dem Sitz hervor und sprang bellend am Weihnachtsmann hoch und runter.

Der Weihnachtsmann registrierte beiläufig, dass seine Einschätzung *»sensible Künstlerin«* wohl richtig gewesen war, hatte aber wenig Gelegenheit, sich über seine ausgezeichnete Menschenkenntnis zu freuen.

Der Bulle hatte den Lärm gehört, rief von vorn: »Brauchst du Hilfe?«, und ließ dabei den Fahrgast fallen, der wie eine Gliederpuppe auf den Boden plumpste.

»Nein, nein, ich komme schon zurecht, danke«, beeilte sich der Weihnachtsmann zu versichern. Er wollte auf keinen Fall gleich bei der ersten schwierigen Situation um Hilfe bitten.

Der Lagotto Romagnolo zeigte eine erstaunliche Beständigkeit in der Hundesportart Hürdensprung, nur dass der Weihnachtsmann die erforderliche Mindesthöhe von einem Meter 15 deutlich überschritt. In seiner Not fiel ihm ein Schlittenhunde-Kommando ein, das er manchmal bei Einar und Elvar anwandte.

»WHOA!«, rief er aus, was so viel heißt wie »Halt!«.

Der Hund ließ augenblicklich von ihm ab und verkroch sich jaulend unter dem Sitz. Die Künstlerin blickte ihn verdutzt an und legte sogar einen Augenblick ihre Hochnäsigkeit beiseite. Es war aber klar, dass der Waffenstillstand nur einen kurzen Moment anhalten würde, denn schon sog sie wieder den Atem ein, um Luft für eine neue Beschimpfungssalve zu holen.

So beschloss der Weihnachtsmann, den Vorgang an dieser Stelle abzukürzen und ausnahmsweise auf das Ausfüllen der Personalien zu verzichten. Schließlich war es ohnehin immer das Gleiche, was er darauf schrieb, das konnte er auch noch später nachholen. Stattdessen griff er schnell in seine Tasche, holte die 40 Euro heraus, gab sie der Künstlerin, lächelte und sagte: »Hier, reicht das für einen richtigen Pudel?«

Die anderen Fahrgäste hakte der Weihnachtsmann im Blitzverfahren ab, so dass er sich möglichst schnell, möglichst weit von der hasserfüllt dreinblickenden Frau entfernen konnte.

Bald traf er in der Wagenmitte auf den Bullen, der ihn besorgt anblickte, mit dem Kopf auf die Sängerin zeigte und fragte: »Was war denn das für eine hysterische Zicke?«

»Ihr Pudel Lotto war kaputt«, antwortete der Weihnachtsmann knapp.

Der Bulle schüttelte den Kopf, verdrehte die Augen und sagte: »Die Ausreden werden wirklich immer noch blöder! Pudel Lotto, bescheuert! Ich hatte auch grade einen, der war unglaublich frech und wollte mir weismachen …«

Das Folgende hörte der Weihnachtsmann schon nicht mehr. Beim Aussprechen des Schlittenhunde-Kommandos war er an seine Rentiere Einar und Elvar erinnert worden und dachte wehmütig darüber nach, wie es ihnen wohl gerade ergehen würde …

Wie es dem Weihnachtsmann selbst wohl gerade erging, erforschte weit oben in den himmlischen Gefilden immer noch wacker Gwendolin Mandolin mit ihrem Fernrohr. Sie hatte schon fast das gesamte Zustellgebiet des Rotweißen Klaus auf der Erde durchforstet. Nirgends hatte sie einen blassroten Zipfel des Weihnachtsmannmantels erhascht oder eine winzige Sprosse der Rentier-Geweihe entdeckt. Sie hatte langsam keinen Bock mehr. Immer musste sie die strapaziösen Aufgaben übernehmen, während die anderen faul herumlagen und Centauren-Met in sich hineingossen. Und dann muss ich mir auch noch das Gemotze anhören, falls ich den Rotweißen Klaus nicht finde, dachte Gwendolin bitter und steckte sich noch ein Schaumzuckerwölkchen in den Mund. Das Ganze würde ihr mindestens zwei zusätzliche Kilos einbringen. So kam sie wenigstens ihrer 125-Kilo-Traumfigur ein wenig näher.

Seit Jultomten vor zwei Jahren verschwunden war, ging die Angst unter ihnen um, dass einer der Himmlischen Räte die Arbeit unten auf der Erde übernehmen müsste. Bis jetzt hatten sie den anderen Weihnachtsmännern die zusätzliche Arbeit aufbrummen können, aber wenn ihnen nun noch einer abhandenkam … nicht auszudenken!

Aber heute war da wohl nichts mehr zu machen. »Jetzt brause ich noch einmal mit einem groben Schwenk über die Erde, und dann ist Feierabend«, dachte Gwendolin und freute sich schon auf einen Schluck Centauren-Gebräu. In diesem Moment entdeckte sie auf einmal einen winzig kleinen Gegenstand, der ihr sehr bekannt vorkam. Sie stellte das Fernrohr auf Super-Zoom und untersuchte ihn genauer. BINGO! Unter dem Vordach eines Schuppens am Rande einer mittelgroßen Stadt lugten die Kufen eines ihr sehr bekannten Schlittens hervor.

»Und wo ein Schlitten ist, ist auch ein Rentier nicht weit«, jubilierte Gwendolin, »und wo ein Rentier ist, ist auch ein zweites, und wo ein zweites Rentier ist, ist auch ein Weihnachtsmann!« Sie feixte. Das musste sie gleich den anderen erzählen! Zur Belohnung steckte sie sich noch ein weiteres Schaumzuckerwölkchen in den Mund, schwenkte ihr beachtliches Hinterteil im Cha-Cha-Cha-Takt hin und her und ließ sich die Süßigkeit genüsslich auf der Zunge zergehen.

Die Sehnsucht nach Einar und Elvar hatte den Weihnachtsmann so unvorhersehbar getroffen wie ein nächtlicher Meteoriteneinschlag eine irdische Kleinstadt. Die beiden mochten zwei bockige Biester sein, aber es ging doch nichts über ihr warmes Rentierfell und ihre feuchten Nüstern auf der Handfläche, wenn er ihnen eine Leckerei gab. In der dritten Straßenbahn, die er gerade mit dem Bullen bestiegen hatte, war er daher nicht mehr richtig bei der Sache. Er hakte mechanisch Fahrgast um Fahrgast ab, achtete kaum darauf, ob einer ihm wirklich seine Fahrkarte oder ein anderes Papier vorzeigte, und murmelte nur ein kurzes Dankeschön.

So sah er auch kaum hin, als er zu einem Mann mit Schirmmütze trat und lustlos die Hand nach dessen Fahrkarte ausstreckte. Auf der Schirmmützen-Seite ging das übliche hektische Gesuche in den Jackentaschen los.

Der Weihnachtsmann gähnte gelangweilt und zog gleichgültig seinen Block aus der Tasche: »Dann muss ich wohl … die *Personalien* aufnehmen.«

»WEIMANN!«

Wie ein Donnerhall schlug sein Menschenname in die Straßenbahn ein, so dass der Weihnachtsmann mit einem Schlag anwesend war. Die Stimme unter der Schirmmütze gehörte einem Menschen, den er nur ungern wiedersehen wollte, und jagte einen kalten Schauer über seinen Rücken. Vor ihm saß der Haarlose aus dem Obdachlosenheim, dessen Namen er sofort wieder vergessen hatte.

»W-w-w-was machen Sie d-d-denn hier?«, stotterte der Weihnachtsmann.

»Ich sagte doch, ich hab dich im Visier, Weimann.« Der Haarlose packte ihn am Kragen seines Tarnparkas und zog ihn zu sich hinunter.

Wiederum raubte der miese Atem des Haarlosen ihm fast den Verstand. Der Weihnachtsmann sah aus den Augenwinkeln, wie der Bulle einen kurzen Seitenblick zu ihnen hin nach hinten warf. »W-w-w-was wollen Sie?«, stammelte er.

Der Haarlose hatte ebenfalls bemerkt, dass der Riese aus dem vorderen Wagenteil zu ihnen hersah. »Ist das dein Boss? Weiß der eigentlich, wo du herkommst, Stadtratte Weimann? Oder soll ich lieber Penner sagen, Weimann?«

Dass der Haarlose ihn einfach duzte und an jeden Satz sein blödes »Weimann« anhängte, machte den Weihnachtsmann doch etwas wütend. Wut war aber jedenfalls besser als Zähneklappern. »Das geht Sie relativ wenig an«, gab er tapfer zurück, »und wenn Sie mich freundlicherweise loslassen würden?«

Der Haarlose lachte böse, lockerte aber tatsächlich seine Faust, so dass der Weihnachtsmann sich wieder aufrichten konnte.

Der Bulle sah immer noch zu ihm, und der Weihnachtsmann gab ihm ein Zeichen, dass er alles im Griff hatte. »Also, was wollen Sie?«, wiederholte er und versuchte seiner Stimme einen festen Klang zu geben.

»Was hat denn der feine Herr Weimann da in seinem Känguru-Beutelchen, hä, Weimann?«

»Einen Block für die Personalien und das Geld fürs Kassieren«, antwortete der Weihnachtsmann wahrheitsgemäß.

Was Ersteres war, verstand der Haarlose nicht, aber er interessierte sich ohnehin nur für den zweiten Teil: »Na, dann zeig mal, was du hast, Weimann. Ich will heute Nacht in einem weichen Bettchen schlafen und nicht in diesen harten Obdachlosenkisten.«

»Nein«, insistierte der Weihnachtsmann trotzig, »Sie müssen erst eine doofe Ausrede sagen, dann gibt's die 40 Euro.«

»Was denn für 'ne Ausrede?«, fragte der Haarlose argwöhnisch. »Ist das jetzt ein Spiel, oder was?«

»Na, zum Beispiel, dass die Oma schwanger war und sie deswegen …«

Der Haarlose sog gefährlich die Luft ein. »WEIMANN! Du rückst jetzt sofort die ganze Kohle aus deinem Känguru-Beutel, raus oder ich vergesse mich, verstanden?«

Der Weihnachtsmann sah ein, dass mit dem Haarlosen nicht zu verhandeln war, und drückte ihm flugs das ganze Geld in die Hand, das er noch in seiner Tasche hatte: Einhundertzwanzig Euro. Dann hastete er schnell zur Wagenmitte und verließ mit dem Bullen an der nächsten Haltestelle die Bahn, ohne sich noch einmal umzusehen. Wenigstens würde er dem Haarlosen heute Nacht nicht begegnen müssen.

Mit zittrigen Beinen ging der Weihnachtsmann mit dem Bullen zum Straßenbahndepot zurück. Der Bulle fragte nichts, denn er sah, dass sein neuer Kollege wie erschlagen war. Zum Glück waren sie für heute mit dem Kontrollgang durch, und der Neue konnte sich etwas erholen.

Im Straßenbahndepot erwartete sie der Ausbilder bereits und wollte wissen, wie es gelaufen war.

»Ganz gut«, antwortete der Weihnachtsmann matt, »am Anfang waren die meisten etwas patzig, aber als sie die 40 Euro bekommen haben, ging's.« Er schlüpfte aus seinem Kontrolleursparka und öffnete seine Spindtür.

»Die 40 Euro bekommen?«, echote der Ausbilder.

»Ja«, sagte der Weihnachtsmann stolz, »und ich bin schon alles losgeworden.« Der Ausbilder musste ja nicht wissen, dass ihm der Haarlose gleich das Geld für drei Schwarzfahrer abgeknöpft hatte.

»Kann ich mal Ihre Hüfttasche sehen?«

Etwas im Ton des Ausbilders ließ den Weihnachtsmann aufhorchen, und er beeilte sich, seine Tasche schnell herüberzureichen.

Der Ausbilder riss den Reißverschluss auf, wühlte darin herum und ließ fassungslos die Tasche sinken. »Die ist ja leer!«, rief er und wechselte einen entsetzten Blick mit dem Bullen. »Sie haben denen das Geld GEGEBEN und nicht GENOMMEN?«

»Selbstverständlich«, antwortete der Weihnachtsmann schlicht, »wie sollen sie sich denn sonst eine Fahrkarte kaufen?«

Der Ausbilder wurde blass. »Bist du so ein verdammter Sozialaktivist, oder was?«

Der Weihnachtsmann wusste nicht, was das war, und sagte nichts. Wenn die Menschen ins Duzen verfielen, war es meist besser, auf der Hut zu sein, so viel hatte er schon mitbekommen.

»Hast du wenigstens ihre Personalien erfasst?«

»Sicher, die sind vollständig«, bestätigte der Weihnachtsmann zufrieden.

Der Ausbilder klappte den Formularblock auf und las: »Name: Weimann, Wohnort: Gasthaus ›Zum Himmelreich‹. Das bist ja du!« Er drehte das erste Blatt um und las auf dem nächsten wieder: »Name:

Weimann, Wohnort: Gasthaus ›Zum Himmelreich‹«, und auf dem nächsten und übernächsten das Gleiche. »Du hast DEINEN Namen da eingetragen?«

Der Weihnachtsmann nickte nur knapp.

»Das heißt, wir haben KEINE Personalien von den Schwarzfahrern, und das Geld ist auch noch WEG?«

»Ich dachte …«, fing der Weihnachtsmann an, schwieg dann aber doch lieber und zog langsam den Weihnachtsmannmantel aus dem Spind.

Der Ausbilder sah mit einem sehr weißen Gesicht zum Weihnachtsmann und dann wieder auf seinen Block. Sein Blick fiel auf die Spalte »Polizeilich bekannt«, die der Weihnachtsmann mit »Ja« bestätigt hatte. Er hielt den Block vor die Augen des Bullen und tippte mit seinem Finger auf die Zeile. Der Bulle las, kniff die Augen zusammen und blies sich augenblicklich zu seiner vollen Größe auf. Dann kamen die beiden sehr langsam und sehr bedrohlich auf den zitternden Weihnachtsmann zu.

FROhE

Alte Bekannte

»Gwendolin Mandolin, wir suchen hier keinen Schlitten!« Madame Adèle bemühte sich sichtlich, ihre Genervtheit im Zaum zu halten. «Wir suchen den Rotweißen Klaus. Hast du das nicht kapiert?«

»Jetzt lass mal die Gwendolin in Ruh«, schaltete sich näselnd Bambino ein, »die tut wenigstens was. Und wo ein Schlitten ist, ist auch ein Rentier nicht weit. Und wo ein Rentier ist, ist auch ein zweites …«

Madame Adèle seufzte. »Gut. Suchen wir die Rentiere. Hast du die umliegenden Häuser durchleuchtet?«

»Nein, noch nicht.« Beleidigt schaltete Gwendolin auf Durchleuchten und widmete sich erneut ihrem zähen Geschäft.

Mit einem ermutigenden »Kopf hoch, Augen auf« verließen der zartrosa Riese und die Dame von Welt das Büro.

Diesmal brauchte Gwendolin nicht lange suchen. Schon unter dem nächstgelegenen Dach konnte sie die Rentiere entdecken. Und was sie dort sah, verschlug ihr erst einmal die Sprache: Einar und Elvar lagen in blau-weiße Decken gewickelt im Ehebett.

Elvars Zunge hing seitlich aus dem Maul heraus, und seine Augen waren halb geschlossen. Er keuchte leise. Seinen Kopf hielt er vorsichtig einem Ventilator entgegen, der sich rechts neben dem Bett surrend um die eigene Achse drehte. Einar, leicht aufgerichtet neben Elvar am Kopfende des Bettes, stieß seufzende Geräusche aus und ließ seinen schweren Kopf mit aufgerissenen Augen hin und her pendeln.

Gerade wollte Gwendolin losschreien und den anderen von der grauenhaften Lage ihrer geliebten kleinen Rentiere berichten, da traf ihr Blick noch auf etwas anderes:

Eine Frau, deren blumengeschmückte Korpulenz Gwendolin unwillkürlich Konkurrenzgefühle aufdrängte, huschte um die beiden kranken Rentiere herum. Im einen Moment deckte sie die beiden auf, im nächsten wieder zu, massierte ihnen die drahtigen Hinterläufe, befühlte ihre Stirnen, schleppte die Ventilatoren hin und her und legte feuchte Tücher auf, die Einar und Elvar sich sofort wieder vom Kopf schüttelten. Dann plötzlich hielten die beiden wie auf Kommando in ihren leidvollen Bewegungen inne und starrten an der dicken Dame vorbei auf die geschlossene Tür. Die Dame drehte sich um die eigene Achse, eilte zur Tür, öffnete diese und blickte wieder fragend auf die beiden Rentiere.

Gwendolin schaltete den Ton an.

»Öäääää«, ließ sich Einar vernehmen.

Woraufhin die blumige Frau sofort verschwand.

»Geil!« Einar knuffte Elvar in die Seite.

Der begann keckernd zu lachen. »Hoffentlich gibt's nicht schon wieder Rosinenkuchen! Sonst muss ich kotzen, hahaha!«

»Hihi«, fiel Einar ins Gelächter ein, stoppte sich aber sogleich selber, gab Elvar wieder einen Knuff, den er mit einem dringlichen »Pssst!« unterlegte, und ließ sich wie ausgelaugt auf die Seite fallen.

»Stoß mir nicht immer so in die Rippen«, schimpfte Elvar, »die versteht uns doch eh nicht.«

Dann aber ließ auch er seinen Kopf ins Kissen sinken und schaute müde der blumigen Frau entgegen, die nun mit einem Tablett voll verschiedenartiger Speisen ans Doppelbett trat. Sie setzte sich neben Einar und begann diesen vorsichtig zu füttern.

»Gell, jetzt wird's besser? Gell, Heinrich? Der Löwenzahnsalat, der ist gut. Der ist artgerecht. Und mit Liebe gemacht. Gell?«

Einar fraß schweigend.

»Appetit hat er, das ist gut. Das ist gut. Und du, Schätzelchen«, wandte sich die dicke Dame an Elvar, »ob du mal überhaupt irgendwas verträgst? Vielleicht mal ein Stück Rosinenkuchen, der ist aus Hafer gebacken. Ich werd euch schon aufpäppeln, ihr armen Kreaturen. Wir werden das schon schaffen, gell? Wir, wir machen euch gesund. Und wenn's so weit ist, dann suchen wir euch einen hübschen Platz im Wildgehege. Da könnt ihr mit Artgenossen leben. Da gibt's auch jede Menge Weibchen. Da lohnt sich das Gesundwerden. Gell, da lohnt das?«

»Jetzt höt die Ölte tötsöchlich schon wöder Rosönenköchen angeschlöppt! Schnöllt die dönn gar nöchts?« Elvar hatte die Augen geschlossen, während er das sagte.

Und die dicke Dame verstand ihn eindeutig überhaupt nicht. Sie wechselte die Bettseite und fühlte Elvars Stirn.

»Wie könn öch öhr klarmachen, döss öch Nösse will? Nösse!!! Nösse!!!«

Aufgeschreckt nahm die Dame ein Gläschen vom Nachttisch. »Notfalltropfen. Das probieren wir jetzt. Was dem Menschen hilft, kann vielleicht auch Hirsche retten.«

»Nösse!!!« Elvar kreischte nun fast. »Nösse!!!«

»Halt die Klappe, Elvar!« zischte Einar ihm zu, »jetzt hast du mir die Lady schon wieder abgeworben. Mitten beim Essen. Und hör auf mit deinen bekloppten Ös! Die Tante versteht uns so oder so nicht!«

»Nösse!!!«

»Schnauze, Elvar!«

Und es dauerte nicht lang, bis die beiden ausgeruhten Rentiere gar nicht mehr so schwach auf ausgestreckten, äußerst muskulösen Beinen oben auf dem Doppelbett der dicken Dame standen und ihre Geweihe, wie bei Rentierdifferenzen Sitte, ineinander verkeilten. Mit wilden Geräuschen und noch viel wilderem Gestampfe versuchten sie sich gegenseitig vom Bett zu drängen, wobei nicht nur das Tablett mit den diversen von ihrer Retterin hausgemachten Speisen zu Bruch ging, sondern auch die gesamte Zimmereinrichtung samt Sessel, Schrank und Fenster ein weit weniger frisch anmutendes Dekor erhielt.

»Hört auf, ihr Bestien! Stopp! Aufhören!«, brüllte die dicke Dame in das Chaos hinein. Und als sie, sicherlich ohne jede Absicht, von einem ausschlagenden Huf getroffen, zurückprallte und im ramponierten Sessel zu sitzen kam, ließ Gwendolin Mandolin das Fernglas sinken.

»… und dann bauten sie sich vor mir auf und packten mich am Kragen.«

»Unglaublich«, stieß Luna atemlos hervor, »und was haben Sie dann gemacht?«

Der Weihnachtsmann schüttelte sich wohlig. Jetzt, in der gemütlichen Wärme des Gasthauses »Zum Himmelreich« und mit einer stattlichen Portion Käsespätzle im Magen, sah alles gar nicht mehr so bedrohlich aus. Vor zwei Stunden jedoch, als der Ausbilder und der Bulle ihm bis auf eine Nasenlänge auf den Pelz gerückt waren, hätte er keinen Pfifferling mehr für sein Leben gegeben. Er hatte die Augen zugekniffen, seinen Mantel zwischen den Händen zerdrückt und ergeben auf sein Ende gewartet.

»In diesem Moment fiel etwas klimpernd auf den Boden«, fuhr der Weihnachtsmann fort, »aus meiner Manteltasche.«

»Ein Ring?«, fragte Luna gespannt und blickte auf den blinkenden Wüstensaphir an ihrem Finger, der ihr so viel Zuversicht bereitete.

»Nein«, raunte der Weihnachtsmann geheimnisvoll, »diesmal waren es zwei schwere goldene Manschettenknöpfe, die einmal dem drittletzten Sultan des Morgenlandes gehört haben.«

Luna machte große Augen: »Und dann?«

Der Weihnachtsmann seufzte, »Dann wollten die beiden mich erst recht lynchen, denn sie dachten, es wäre die Beute aus meinem letzten Raubzug. Schließlich hatte ich in den Personalien die Spalte *Polizeilich bekannt* bestätigt.«

»Ja, und dann?«, wiederholte Luna ungeduldig.

»Frollein Luna«, der schmallippige Wirt des Gasthauses »Zum Himmelreich« hatte schon die ganze Zeit missmutig hinter der Theke hervor auf seine Kellnerin geblickt, »Sie werden hier nicht fürs Rumstehen bezahlt, wie oft muss ich das noch sagen?«

Zu dieser frühen Abendstunde waren kaum Gäste im Himmelreich. Luna drehte sich nicht einmal um, machte nur eine abwehrende Handbewegung zum Wirt hin und sah den Weihnachtsmann auffordernd an.

»Dann habe ich gesagt, dass ich der Urururenkel des drittletzten Sultans sei und ich als Abgesandter der orientalischen Verkehrsbetriebe in die westliche Welt gekommen bin, um ihre Sitten und Gebräuche zu erforschen. Und ich mich als sehr glücklich erweisen würde, wenn sie mir zum Zeichen meiner Anerkennung die Ehre erwiesen, dieses kleine Gastgeschenk anzunehmen.«

»Und den Quatsch haben die geglaubt?« Luna schüttelte skeptisch den Kopf.

»Nein, zuerst nicht«, gab der Weihnachtsmann zu, »aber dann habe ich ihnen die Nummer von Amma gegeben, dem Budvieh aus dem Obdachlosenheim und habe gesagt, dies sei mein arabischer Neffe, der hier in der Botschaft arbeitet. Und sie sollten ihn fragen, ob er einen Herrn Weimann kenne. Unter diesem Tarnnamen sei ich hier unterwegs.«

»Und was hat er gesagt?« Luna platzte fast vor Neugier.

»Er sagte etwas wie ›Allham Dulli La. Klar, kenne ich Herrn Weimann!‹.« Der Weihnachtsmann musste ein wenig grinsen. »Und ab da haben sie dann alles geglaubt. Sicherlich erhöhten die funkelnden Manschettenknöpfe meine Glaubwürdigkeit enorm.«

Der Weihnachtsmann hatte selbst sehr gestaunt, was für eine Lügengeschichte ihm da eingefallen war. Doch in Notsituationen entwickelt man ja oft ungeahnte Fähigkeiten. Und so hatte sich die Feindseligkeit des Ausbilders und des Bullen plötzlich in übertriebene Hochachtung verkehrt.

»Letztlich war es dann fast unmöglich, die beiden wieder loszuwerden«, amüsierte sich der Weihnachtsmann. »Doch nach den ganzen Anstrengungen plagte mich ein fürchterliches Hungergefühl.« Daher hatte er unter Aufbringung sämtlicher ihm bekannter Ausflüchte seine neuen Bewunderer abgeschüttelt und sich zum Gasthaus »Zum Himmelreich« aufgemacht.

Zu seiner Enttäuschung war die Verbündete Luna gar nicht da gewesen, als er die hell beleuchtete Gaststube betrat. Eine blauhaarige Kellnerin lehnte im kurzen Kleid am Tresen. Nur der übellaunige Wirt erkannte ihn sofort und witterte gleich wieder Unbill. Was nun, dachte der Weihnachtsmann beklommen, von dem bekomme ich bestimmt nichts zu essen ohne Geld. Denn natürlich hatte er nach dem ganzen Trubel keinen Lohn für seinen ersten Arbeitstag erhalten.

Als der Weihnachtsmann gerade wieder umkehren wollte und die Tür des Gasthauses nach draußen öffnete, rannte die blauhaarige Kellnerin hinter ihm her und rief: »Heute keine Kessen Spätzle?«

Der Weihnachtsmann hatte sich umgedreht und in zwei blitzende hellgrüne Augen geblickt, die ihn ein bisschen spöttisch musterten. »Luna«, entfuhr es ihm, »Sie sind ja ganz blau!«

»Mir war so danach«, erwiderte Luna.

Und nun saß er hier im Warmen, gestärkt von Käsespätzle und mit einer verständigen und sehr himmelsfarbenen Zuhörerin an seiner Seite.

»Frollein Luna, Tisch vier muss noch eingedeckt werden!« Der Wirt konnte es einfach nicht ertragen, wenn eine Kellnerin herumlungerte und er sie dafür auch noch bezahlen musste. Und dieses Frollein Luna war seit ein paar Tagen ohnehin erstaunlich aufmüpfig.

Luna seufzte und wollte gerade zu einer Erwiderung ansetzen, die ihre weitere Karriere im Gasthaus »Zum

Himmelreich« sicher nicht befördert hätte. Doch der Weihnachtsmann legte ihr begütigend die Hand auf den Arm und sagte: »Kein Problem, ich muss ohnehin langsam ins Obdachlosenheim. War ein anstrengender Tag!«

Der Wirt beobachtete argwöhnisch, wie der Weihnachtsmann sich erhob und die Hand nach seiner Mütze ausstreckte. »Kassieren nicht vergessen!«, knarzte er hinter der Theke hervor.

Luna drehte sich zu ihm, nahm aufreizend langsam eine Handvoll Münzen aus dem Trinkgeldfach ihres Kellnerinnenportemonnaies und ließ sie mit übertriebener Geste in das große Fach fallen. »Der Herr ist mein Gast«, rief sie und drehte sich wieder um.

Der Wirt hatte mit seinen Wieselaugen blitzschnell erfasst, dass die Münzen einen weit höheren Wert haben mussten, als das günstige Tagesgericht, das der Penner verzehrt hatte. »Soll mir recht sein, wenn sie ihren ganzen Lohn für einen alten Zausel ausgibt«, feixte er, »so bleibt der interne Geldkreislauf erhalten.« Zufrieden begann er mit dem Polieren der frisch gespülten Gläser und freute sich den ganzen restlichen Abend über sein hervorragendes Geschäft.

Das Obdachlosenheim lag zum Erstaunen des Weihnachtsmannes nur drei Querstraßen vom Himmelreich entfernt. Als er in den Hof einbog, sah er bereits, dass der Kleinbus nicht davorstand und Amar demnach unterwegs war. In der Küche brannte Licht. Der füllige Reverend und die fast durchsichtige Ilse saßen am Tisch.

»WEIMANN«, donnerte ihm der Reverend gut gelaunt entgegen, »immer rin in de jute Stube!«

»Einen schönen guten Abend«, entgegnete der Weihnachtsmann und setzte sich. Auf dem Tisch standen eine Flasche mit einer klaren Flüssigkeit und einige Gläser. »Nimm dir'n Glas. Jetzt wird jepischelt. Ick feier mein Zweijährjet.«

Der Weihnachtsmann registrierte beiläufig, dass die Stimme des Reverends ein wenig schlingerte.

»Vaboten, aba sieht ja keener, stümmt's?«

Der Reverend bekräftigte die Worte mit einem großen Schluck aus seinem Glas.

Der Weihnachtsmann goss etwas von der Flüssigkeit in ein Glas und schnüffelte daran. Wasser war es jedenfalls nicht, so viel war klar. Vorsichtig setzte er das Glas an die Lippen und trank einen Schluck. POTZBLITZ! Das Zeug brannte in der Kehle wie ein Feuersturm, der eine Schneise der Verwüstung in einen Wald sengte.

»Dit tut jut, wa, Weimann?«

Der Weihnachtsmann lächelte verkrampft und wunderte sich, was die Menschen alles als wohltuend empfanden. Er beschloss, nur noch so zu tun, als ob er trinken würde, um den gastfreundlichen Reverend nicht zu verstimmen. Ein erstaunlich warmes Gefühl breitete sich gerade in seinem Körper aus.

Vier Schnäpse später musste sich der Weihnachtsmann eingestehen, dass sein Vorsatz gänzlich gescheitert war. Komischerweise machte ihm das aber gar nichts aus. Komischerweise machte ihm gerade überhaupt nichts irgendetwas aus. Und auch dem Reverend und Ilse schien nicht die kleinste Kleinigkeit auch nur das Geringste auszumachen. Sie verstanden sich blendend und waren bald bei der Intonation einer sehr freien Version von *»Schneeflöckchen, Weißröckchen«* angelangt. Als der Weihnachtsmann gerade voller Inbrunst die Liedzeile *»Duhu wohnst in den Wolken«* darbot, wurde im Hof mit quietschenden Bremsen der Obdachlosenbus geparkt.

»Schünell«, nuschelte der Reverend, »Fülasche weech!«

Ilse entfaltete auf einmal ein bemerkenswertes Geschick darin, Gläser und Flasche unter der Spüle verschwinden zu lassen.

»Marhaba, meine Schützlinge.« Gut gelaunt betrat Amar die Küche. »Wie geht´s?«

Der Reverend, Ilse und der Weihnachtsmann bestätigten ihr Wohlbefinden mit einem breiten Blecken ihrer Zahnreihen und schwiegen.

Amar brachte eine große Tüte mit Einkäufen zum Küchenbord und begann Schränke und Kühlschrank damit zu befüllen. »Wie war ihr erster Arbeitstag, Herr Weimann?«

»Gut«, quetschte der Weihnachtsmann einsilbig hervor und starrte auf einen imaginären Fleck an der Wand.

»Und, werden Sie übernommen?« Amar füllte eine Packung Kaffee in eine große silberne Dose.

»Sie wollten ... sich nicht ... festlegen«, formulierte der Weihnachtsmann mühsam und klammerte sich an der Tischkante fest.

Amar sah ihn an und nickte wissend. »Verstehe. Ich habe mich schon gewundert, dass die angerufen haben.« Er nahm eine große Flasche Spülmittel aus der Tüte und ging in die Hocke.

Ilse sog laut hörbar die Luft ein.

Sehr langsam tauchte Amar wieder auf und stellte ohne Eile die Gläser und eine fast leere Flasche Kirschedelbrand vor ihnen auf. Die drei Tischgenossen wanden sich wie junge Fische in einem enggeknüpften Fischernetz. Amar sah ruhig von einem zum anderen und der Weihnachtsmann errötete unter seinem Blick.

»Ich bin sehr traurig«, sagte Amar, und seine Worte durchbohrten das Herz des Weihnachtsmannes wie ein Pfeil. »Ihr wisst, dass das absolut gegen die Regeln des Heimes verstößt«, sagte Amar, »eigentlich müsste ich euch jetzt wegschicken.« Er blickte zum Fenster, an das ein eisiger Nordwind nun feine Schneeflocken wehte.

Der Reverend, schlagartig nüchtern geworden, erhob sich, legte sich die Hand auf die linke Brust und sagte: »Herr Amar, die andan sind unschuldich! Ick hap se vafüart. Hab zu jut vadient heute. Dit Jeld sitzt den Leuten locka nach Weihnachten. Schicken Se mir wech, aber verschon Se die andan.« Dann verdrehte der Reverend die Augen und fiel zur Seite wie eine frisch gefällte Nordmann-Tanne.

Amar seufzte und beugte sich zu ihm hinunter. Das mit dem Wegschicken hatte sich demnach erledigt. Mit vereinten Kräften schafften sie den Reverend in den Schlafraum und versuchten, ihn auf ein Bett zu hieven. Doch der Reverend hatte einen solch ungünstigen Körperschwerpunkt, dass sie ihn beim besten Willen nicht über die Bettkante bekamen. Also ließen sie ihn schließlich auf dem Boden liegen und breiteten eine Decke über ihn.

Die anderen beiden sah Amar immer noch ernst, aber nicht mehr ganz so streng an und sagte: »Und wir sprechen uns morgen. Ich muss jetzt wieder los.«

Ilse und der Weihnachtsmann legten sich in die Betten, ohne ein weiteres Wort miteinander zu wechseln. Der Weihnachtsmann wälzte sich die ganze Nacht unruhig hin und her und stand hin und wieder auf, um sich in das kleine Waschbecken in der Zimmerecke zu übergeben. Wie konnte ich den netten Amma nur so enttäuschen, dachte er. An Ilses gleichmäßigem Atem hörte er, dass sie weniger mit moralischen Fragestellungen zu kämpfen hatte.

Am nächsten Morgen erwachte der Weihnachtsmann mit einem Pfeil in seinem Kopf. Jemand musste ihm diesen direkt durch das Auge geschossen haben. Er versuchte schlaftrunken, den Pfeil herauszuziehen, doch er griff ins Leere. Schlagartig fiel ihm der Vorabend ein, und die schmerzliche Erinnerung machte seine Glieder noch schwerer. Ilse war schon auf, nur der Reverend schlief noch tief und fest, so dass er über dessen beträchtlichen Körper klettern musste. In der Küche klapperte Amar bereits mit dem Geschirr, und der bekannte Waldeichelgeruch zog durch das Obdachlosenheim. Gesenkten Hauptes schlich der Weihnachtsmann in die Küche und setzte sich zu Ilse an den Tisch. Amar beachtete ihn zunächst nicht, was seine Schmach noch verstärkte.

Schließlich fasste er sich ein Herz und sprach: »Herr Amma, ich bitte Sie gnädigst und vielmals um Verzeihung. Ich habe Ihr Vertrauen aufs Schändlichste missbraucht, und dafür gibt es keinerlei Entschuldigung. Aber ich flehe Sie einhundertfünfundzwanzigtausendmal an, mir nochmals eine winzige Chance zu geben. Ich verspreche Ihnen himmelhoch, mich ab sofort zu bessern und …« Der Weihnachtsmann stockte, da von Amar nun ein Schluchzen zu vernehmen war. Entsetzt hob er den Kopf und sah, dass Amar sich jetzt umdrehte und tatsächlich Tränen in den Augen hatte – vor Lachen.

»Herr Weihnachtsmann«, prustete er, »Sie sind wirklich der komischste Vogel, der mir je begegnet ist!«

Der Weihnachtsmann freute sich, dass Amar gar nicht mehr böse war. Er strahlte Amar an und sah dann aufmunternd zu Ilse. Diese hatte aber offensichtlich auch einen Pfeil durch den Kopf geschossen bekommen, denn sie blickte nur gequält zurück.

Erleichtert bestrich sich der Weihnachtsmann in seiner getrennten Rot-Weiß-Technik ein Brot und kaute froh. Komischerweise schmeckte es aber heute wie gepresste Holzspäne. Inzwischen hatte sich der Reverend vom Fußboden hochgestemmt und sich mit gekrümmtem Rücken in die Küche geschleppt. Offenbar gab es gesündere Übernachtungsmöglichkeiten als den Obdachlosenheim-Fußboden. Er setzte sich ebenfalls an den Tisch, goss sich einen Kaffee ein und brütete ausnahmsweise nur schweigend vor sich hin.

Nach einer Weile stellte Amar sich an die Stirnseite des Tisches und verkündete: »Ich habe mir heute Nacht überlegt, dass ihr mir nicht ganz ohne Buße davonkommen könnt. Jeder von euch bekommt daher eine Aufgabe zugeteilt, die ihm besonders schwerfällt. Sie, Frau Hofstätter, werden heute zum Kochdienst eingeteilt.«

Ilse blickte erschreckt auf und wurde ganz weiß im Gesicht, daher nahm der Weihnachtsmann an, dass sie mit Frau Hofstätter gemeint war und Kochen nicht zu ihren Lieblingstätigkeiten gehörte.

»Sie, Reverend, werden einen Tag im Kloster Hellmerau verbringen, ein Schweigeorden.«

Der Reverend erwachte schlagartig und stand erregt auf. »Ne, dit können Se nich machen, Herr Amar, allet aber nich diese orjanisierte Weihrauchschwenkerbande. Dit is ja schlimmer wie im …wie da, wo ick herstamme.«

Amar grinste: »Wollen Sie wieder einmal hier schlafen?«

Der Reverend bestätigte es widerwillig mit einem kurzen Nicken.

»Gut, dann setze ich Sie nachher beim Kloster ab. Und Sie«, er drehte sich zum Weihnachtsmann, »Sie bringe ich nachher wieder zur Arbeitsagentur, und Sie werden jeden Job annehmen, den man Ihnen dort anbietet. Und ihn diesmal richtig gut machen.«

Der Weihnachtsmann nickte ergeben und dachte bei sich, dass er eigentlich viel zu glimpflich davongekommen war. Schließlich hatte er sich ja ohnehin um einen neuen Job kümmern wollen. Aber er sagte nichts, denn er wollte auf keinen Fall ebenfalls in dieses Kloster gesteckt werden. So wie der Reverend dreinblickte, erwartete ihn dort ein entsetzliches Schicksal.

Mit einem breiten Grinsen fuhr Amar den Weihnachtsmann und den Reverend durch die Stadt zu ihren Bußübungs-Stätten. Der Weihnachtsmann hatte wenig Lust, sich wieder in die Fänge der irdischen Arbeitsbürokratie zu begeben, aber es half ja nichts. Vor dem großen grauen Gebäude mit dem roten A darauf stoppte Amar und wünschte ihm einen schönen Tag. Der Reverend saß missmutig auf dem Rücksitz und verbreitete nichts von seiner sonst üblichen Strahlkraft. Vielleicht übte er schon einmal für den Schweigeorden? Aufmunternd winkte der Weihnachtsmann ihm zu und wurde dann von den beiden Schiebetüren verschluckt.

Er ging durch das Foyer und erblickte die übliche Traube vor dem Informationsschalter. Diesmal beschloss er, sich die elende Warterei zu ersparen, einfach direkt zum Team Arbeitnehmerleistung, Zimmer 42, durchzugehen und sich von der netten Frau Hensel helfen zu lassen. Er stieg die vier Stockwerke hinauf und klopfte an die Zimmertür der Beraterin. Keine Antwort. Er klopfte erneut und wartete. Wieder war nichts zu hören. Vorsichtig drückte er die Klinke nach unten und öffnete die Tür. Der Platz von Marianne Hensel war leer. Der Weihnachtsmann wollte sich schon wieder zurückziehen, als vom Nebenzimmer eine bekannte Stimme ein genervtes »Ja?« verlauten ließ. Ein Ja, das in seiner Knappheit zugleich die Frage beinhaltete, wer es wagte zu stören, sowie die Antwort, dass es sich nur um eine völlig unnütze Zumutung handeln könne.

Der Weihnachtsmann räusperte sich scheu und fragte in den leeren Raum hinein:

»Ist Frau Hensel nicht da?«

Liese Terhagen fuhr mit dem Bürostuhl rückwärts in die Mitte des Raumes und reckte den Kopf in das Nebenzimmer: »Ach, Sie sind das.«

Ihr nach hinten abfallender Ton ließ keinen Zweifel daran, dass das Wiedersehen mit dem Weihnachtsmann auf ihrer persönlichen Begeisterungsskala von eins bis zehn soeben mit null bewertet worden war.

»Marianne ist beur…, sie hat frei, schließlich ist morgen Silvester.« Liese Terhagen setzte eine Mauer vor ihr Gesicht, die jegliches Nachfragen untersagte. »Und ich bin auch schon fast weheg.« Den letzten Teil des Satzes sang sie fast.

»Es ist nur …«, stammelte der Weihnachtsmann, »ich brauche eine Arbeit.«

Die Beraterin blickte ihn streng über den Rand ihrer Lesebrille an: »Und was war mit der Straßenbahn?«

Der Weihnachtsmann schwieg und starrte auf seine Stiefelspitzen.

Die Beraterin verzog das Gesicht. »Ich sagte Ihnen doch: Sie haben auch Pflichten! Haben Sie schon einmal in unsere Online-Jobbörse geschaut?«

Der Weihnachtsmann zuckte mit den Schultern.

Liese Terhagen seufzte. Wenn sie heute schnell nach Hause wollte, um die Vorbereitungen für die morgige Silvesterparty zu schaffen, dann musste sie diesen Störenfried baldmöglichst loswerden. Sie rollte zu ihrem Schreibtisch zurück und sah in ihren Computer. »Suchen Sie eine versicherungspflichtige Beschäftigung, oder kann es auch ein zeitlich befristeter Job sein?«

Der Weihnachtsmann drehte ratlos die Handflächen nach oben und dachte daran, was Amar gesagt hatte. »Ich nehme jeden Job, den Sie mir anbieten«, meinte er ohne rechte Überzeugung.

»Gut, das macht die Sache schon einfacher.«

Liese Terhagen hackte in die Tastatur ihres Computers, stellte den Auswahlfilter auf *Suche auf 10 Angebote beschränken* und klickte die Rubrik *Hilfstätigkeiten ohne Vorkenntnisse* an. Sie prüfte das Suchergebnis und murmelte vor sich hin: »*Be- und Entlader*, nein, da ist er zu alt. *Modeinteressierte Verkäuferin*, ach, das wäre ja noch was für mich!« Sie zupfte selbstgefällig an ihrer Seidenbluse und musterte dann den abgeschabten Mantel des Weihnachtsmannes. »Nein, da braucht der sich gar nicht bewerben. Was haben wir denn sonst noch? *Essensausfahrer bei Wok-Express* – einen Führerschein haben Sie?«

Der Weihnachtsmann überlegte: Wenn er Einar und Elvar überreden konnte … »Ginge das auch mit Schlitten?«

Die Arbeitsberaterin blickte ihn streng an und versenkte sich kopfschüttelnd in ihre Online-Jobbörse. Sie überlegte, was ihre Kollegin Marianne über den Mann gesagt hatte: «Ein sensibler Mann. Ein Künstler wahrscheinlich.« Das war die Sorte Kunde, die sie am meisten verabscheute: Das ganze Leben nur den eigenen Neigungen gefolgt, und wenn dann Not am Mann war, standen sie jammernd und hilfesuchend vor ihr. Sie sah lustlos in der Rubrik *Kreative Tätigkeiten* nach und tauchte kurz darauf triumphierend hinter ihrem Computer auf. »Ich hab's«, rief sie elektrisiert, »Mitarbeiter im *Maxwell's Demon Castle,* bei Kreißler-Entertainment, das ist es! Da können Sie ganz ihre musische Ader ausleben.«

Mit einem begeisterten Lächeln im Gesicht druckte sie das Arbeitsangebot aus und presste es dem Weihnachtsmann in die Hand, der keine Ahnung hatte, worum es dabei ging. Doch der Enthusiasmus der Beraterin hatte eine ansteckende Wirkung auf ihn, und so verließ er fast beschwingten Schrittes und unter mehrfachem Dank das Büro der Jobvermittlung, um sich sogleich auf den Weg zu seinem künftigen Arbeitgeber zu machen.

Die Dynastie der Hässlichen

»Und du schaust NUR nach dem Rotweißen Klaus.«

Madame Adèle hatte es der vor nervöser Erregung schon ganz erschöpften Gwendolin sicher hundertmal eingehämmert, aber als diese das Fernglas erneut zwischen den Fingern hatte, konnte sie doch nicht umhin, wenigstens mal flink in der guten Stube vorbeizuschauen.

»Sie sind nicht mehr da!«, rief Gwendolin, »die Rentiere …«

Madame Adèle schaute Gwendolin ganz tief in die Augen: »Wen suchen wir?«

»Den Rotweißen Klaus.«

»Und jetzt alle! Wen suchen wir?«

»Den Rotweißen Klaus!«, riefen wie aus einem Munde die vier selbständigen Angestellten des Himmlischen Rates.

Während Bambino, Hartung und Madame Adèle jetzt zu Fuß das himmlische Büro verließen, richtete Gwendolin Mandolin das Fernrohr weg vom Haus der Tierschützerin zurück auf die schier unaufspürbare Spur des Weihnachtsmannes.

Maxwell's Demon Castle. Gruselspaß bei jedem Wetter stand in riesigen Lettern an der langgezogenen Mauer des sogenannten *Spezialvergnügungsparks für Unerschrockene ab zehn.*

Nach gefühlten fünf Stunden Fußmarsch durch feuchtkalte Vor- und Vorvorstädte befand sich der Weihnachtsmann jetzt auf der Zielgeraden. Eine unfassbar breite Straße führte direkt auf ein metallenes Tor zu. Während den Weihnachtsmann nun immer wieder Autos überholten, die sich in schier endlose Reihen anderer Parkender einsortierten, waren am Tor selbst ausschließlich Fußgänger unterwegs. Diese schienen kurze Zwiesprache mit einer der Mauerenden zu halten und dann sogleich wohlgemut ins Innere zu schwärmen.

Als der Weihnachtsmann endlich auch die letzten 200 Meter seines Weges hinter sich gebracht hatte, sah auch er sich genötigt, mit einer der beiden Mauerenden zu kommunizieren, was sich als weniger verwunderlich erwies als vermutet, da dort nämlich kleine Kabinen eingefasst waren, in denen zwei sehr merkwürdig aussehende Damen ihrer Arbeit nachgingen. Der Weihnachtsmann entschied sich für die linke der beiden Kabinen.

»Guten Tag«, begann er das Gespräch, unsicher auf die giftgrün leuchtende Warze an der doch recht ungewöhnlich langen Nase seiner Gesprächspartnerin schielend.

»Tageskarte?«, fragte die Frau.

Ihre Stimme schien dem Weihnachtsmann nicht weiter auffällig. Ringend um Diskretion und Höflichkeit wich sein Blick der spinnwebartig aufgetürmten Haarpracht der fahlgelben Dame aus, fiel nun aber unwillkürlich auf deren Hände.

Diese konnten auch bei größter Schönfärberei nur als langgliedrige Krallen bezeichnet werden. Dem Weihnachtsmann schwoll das Herz. Was für eine Frau! Welch ein Mut, sich mit solcher Selbstverständlichkeit hier dem Publikumsverkehr auszusetzen! Sicher würde sich die Dame mehrmals täglich mit Anfeindungen oder auch nur Kommentaren bezüglich ihres leider wirklich nicht anders als »hässlich« zu bezeichnenden Äußeren auseinandersetzen müssen. Diese Frau musste gelobt werden. Diese Frau hatte es drauf. Toll.

»Tageskarte?«, wiederholte sie.

»Ähm …«, entgegnete der Weihnachtsmann.

»Kommt am günstigsten«, erklärte die wunderbare Hässliche.

»Ich hab jetzt kein Geld mit«, ließ sich der Weihnachtsmann vernehmen, »aber wenn ich Ihnen anderweitig behilflich sein könnte …?«

»Hä?«, fragte darauf die tolle Frau.

Und »Ähm …« wieder der Weihnachtsmann.

Hinter ihm drängelte sich eine Familie. Der bauchige Vater versprach seiner Tochter ein Eis, während der vielleicht zwölfjährige Sohn am Weihnachtsmann vorbei ungeniert die hässliche Frau anstarrte, seinem nicht viel jüngeren Zwillingsbruder in die Rippen stieß, woraufhin die beiden in keckerndes Gelächter ausbrachen. Der Weihnachtsmann versuchte, seinen Körper so auszurichten, dass der Frau die Sicht und damit diese Kränkung erspart bliebe, allerdings geriet er dadurch in eine ungünstige Position.

»Was wollen Sie denn nun?«, fragte die Hässliche ungeduldig.

Sie hat es doch mitbekommen, musste sich der Weihnachtsmann eingestehen und suchte nun krampfhaft nach den richtigen Worten. »Machen Sie sich nichts daraus, gnädige Frau. Ganz sicher sind Sie auf dem richtigen Weg. Ich bewundere Sie für Ihre Aufrichtigkeit.«

»Hä?« Das war wieder die Dame. »Was wollen Sie? Tageskarte? Dreieinhalb Stunden? Jahresticket zum Sonderpreis?«

»Ich muss hier arbeiten.«

»Hä?«

»Hä« schien eines ihrer Lieblingsworte zu sein. Vermutlich hatte sie sich das angeeignet, um sich gegen übergriffige Äußerungen abzugrenzen. Und sicher konnte sie nach Jahren der Verletzungen durch ihre Mitmenschen inzwischen nicht mehr genau unterscheiden, wer es gut mit ihr meinte und wer nicht. Nachsichtig holte der Weihnachtsmann also seinen Zettel mit dem Titel »Arbeitsangebot« aus der Tasche und hielt es der hässlichen Frau unter die krasse Nase.

»Ach so«, seufzte diese auf, »dann wart mal einen Moment. Erst mach ich die hier noch fertig.«

»Lassen Sie's gut sein, meine Liebe!« Erschrocken versuchte der Weihnachtsmann sich wieder zwischen die grinsenden Jungen und die hässliche Dame zu positionieren. »Ich verstehe Sie zwar sehr gut, aber bedenken Sie doch: Das sind Kinder, die wissen ihr Handeln nicht einzuschätzen. Sicher ist es gar nicht so gemeint.«

»Hä?«, ertönte es wieder seitens der Dame.

Dann waren die festen Worte des Familienvaters zu hören: »Vier Tageskarten bitte, drei unter zwölf.«

Die Familie trollte sich. Die hässliche Frau griff zum Telefon und gab dem Weihnachtsmann dann zu verstehen, er solle eine Weile warten und werde abgeholt. Da sogleich weitere Besucher nachrückten, war die Dame so beschäftigt, dass der Weihnachtsmann sich weitere aufmunternde Worte an die Frau nur im eigenen Munde zergehen lassen konnte.

»Da isser!!!!« Gwendolin schrie auf! »Ich hab ihn! Der Rotweiße Klaus! Guckt mal, schnell!«

Blitzschnell war die gesamte Himmelsabteilung wieder versammelt. Bambino juchzte auf, als er durch das Fernglas nicht nur den abgeschabten Mantel, Stiefel und Mütze, sondern sogar ganz deutlich das gute alte, bekannte Weihnachtsmanngesicht sah.

Madame Adèle klopfte Gwendolin auf die Schulter: »Hervorragende Arbeit. Bist ein Himmelswunder, Gwendolin.«

Und selbst der lange Hartung konnte eine gewisse Erleichterung nicht verbergen: »Jetzt nimm Verbindung zu ihm auf!«, blaffte er Bambino an. »Der soll endlich nach Hause kommen!«

Bambino, Chef du Correspondance, ging in sich, rollte mit den Augen, tickte und tackte und eröffnete schließlich den anderen: »Er will nicht nach Hause.«

»Wie?«, fragte Madame Adèle.

»Wie?«, telepathierte Bambino. »Es gefällt ihm ganz gut da unten. Er findet es interessant.«

»Moment mal«, Madame Adèle wurde ungeduldig, »der hat eine Verantwortung! Was denkt der sich denn?«

»Was denkst du dir denn, Rotweißer Klaus?«, übermittelte der zartrosa Riese, nur um sogleich die Antwort weiterzureichen: »Der sagt, wir hätten ihn doch selbst darauf hingewiesen. Das Leben berge mehr Geheimnisse, als wir vielleicht dächten. Er will mal gucken.«

»Wie darauf hingewiesen?«, fragte der lange Hartung, wurde aber von Gwendolin unterbrochen: »Und die Rentiere? Was ist los mit denen?«

Bambino röchelte sanft, nahm flink einen Schluck Blitzeistee und vertiefte sich wieder in die extraterrestrische Kommunikation: »Sie haben sich gegen ihn entschieden.«

»Was? Wer?« Madame Adèle kam nicht mehr recht hinterher: »Einar und Elvar? Gegen den Rotweißen Klaus? Das kann doch überhaupt nicht …«

Da überfiel Bambino ein Schluchzen. Wie immer, wenn der telepathische Hörer am anderen Ende aufgelegt wurde, fühlte sich Bambino abgewiesen und ungewollt. Machte sich Vorwürfe, er sei vielleicht zu aufdringlich gewesen oder allgemein unbeliebt. Ausnahmsweise fand Bambino dieses Mal aber keinerlei Trost. Die Gesellschaft war mit anderem beschäftigt.

»Einer muss runter«, sagte Madame Adèle, »es hilft alles nichts.«

»Ja«, bestätigte Gwendolin, »am besten sofort.«

»Wir müssen den Rotweißen Klaus zur Vernunft bringen, und das schleunigst.« Madame Adèle sah ihre Kollegen der Reihe nach an. »Ich schlage vor, Hartung, du machst dich auf den Weg. Von uns vieren bist du am beweglichsten, hast Verve und auch ein bisschen Durchsetzungsvermögen.«

»Ich?«, fragte der lange Hartung. »Ich würde ja gerne. Bin bestimmt geeignet für solche Jobs. Aber ich kann nicht. Zum einen ist mein Schnuppenschnaps bald reif. Außerdem kriege ich jetzt schon eine Stinkwut. Wenn ich den Rotweißen Klaus sehe, das wird zu gefährlich. Von meinem steifen Bein mal ganz abgesehen.«

»Oh Mann«, seufzte Madame Adèle, »geh ich eben runter. Ich hab ja nur drei verletzte Wolkenschafe in Pflege, die Verwaltung am Hals und die mütterliche Verantwortung für euch alle. Aber bitte, wenn euch das nichts ausmacht, wenn ihr hart genug seid, geh ich eben runter«. Madame Adèle blickte erwartungsvoll in die Runde, und als keiner etwas entgegnete, fügte sie in Bambinos Richtung hinzu: »Verlieren die Kleinen halt ihren Verstand. Sind ja nur Schafe. Sind ja nur Wolken. Ist ja nicht mal erwiesen, dass sie überhaupt Schmerzen spüren, dieses Geheul ist wahrscheinlich bloß Tarnung.«

Bambino weinte jetzt hemmungslos.

»Können wir nicht einen von ihnen schicken?«, ließ sich Gwendolin vorsichtig vernehmen.

»Einen von ihnen?« Madame Adèle schaute verwundert.

»Na, einen Weihnachtsmann, Père, Santa, wie auch immer. Die kennen sich doch am besten aus da unten auf der Erde. Die wissen doch, wie sie den Rotweißen Klaus am besten anfassen müssen.«

»Ah…« Madame Adèle dachte nach. Nicht, dass sie bei solch einem Unterfangen noch eines wertvollen Geschenkelieferanten verlustig gingen. Ungefährlich war das nicht. Andererseits hatte Gwendolin auch wieder recht. Wem konnte man diesbezüglich also am ehesten vertrauen? Wer war dem Himmel gegenüber am loyalsten? Wen konnten sie bedenkenlos runterschicken?

»Der Auszubildende! Na klar, der kann gehen!«

Allgemeines Aufatmen, die Spannung löste sich. Der Auszubildende war ein junger, wissbegieriger Santa, der für die steigende Zahl weihnachtlich interessierter Inder zuständig war. Auch er war von den Weihnachtsfeiertagen erschöpft und hatte sich zu einem dreitätigen Tiefschlaf zurückgezogen. Aber wenn sein Dienstgebiet topographisch betrachtet auch schier unendlich schien, die Zahl der Geschenke auf dem mit Vollgummireifen ausgestatteten Schlitten lag deutlich unter der, welche die anderen Weihnachtsmänner an den Mensch zu bringen hatten.

Leider war der indische Santa überhaupt nicht wach zu kriegen.

»Wenn der schläft, schläft er«, stellte der lange Hartung im Anschluss an seine extremen Weckversuche bedauernd fest, »und er hat sich drei Tage vorgenommen. Da kann man nix machen.«

»Bambino geht.« Madame Adèle sprach bestimmt. Alle Blicke wandten sich ihr zu.

»Wie, das bestimmst du einfach, oder was?«, fragte der lange Hartung.

»Ja, einer muss ja.«

Bambino zuckte, Bambino schluckte und: Bambino nickte. Dann ging er seine Sachen packen.

Gwendolin Mandolin nahm das Fernglas wieder zur Hand und vergewisserte sich, dass der Weihnachtsmann noch an derselben Stelle stand, an der sie ihn kurz zuvor verlassen hatte.

Und da stand er. Stand und starrte. Im gegenüberliegenden Kassenhäuschen war eine nicht minder unattraktive Frau zugange. Und bei einem vorsichtigen Blick durch das Metalltor streifte sein Blick einen

Wurstverkäufer, der mit riesigen Segelohren sowie einem buschigen Schwanz ausgestattet war. Auch stand eine steinerne Statue in Form einer riesigen Ratte am Wegesrand. Sollte dies hier ein Paradies für Verunstaltete sein, ein Kloster mit Öffentlichkeitsarbeit, eine Institution, die auf Integration der sogenannten »speziellen« Menschen mit den »normalen« zielte?

Was könnte er hier einbringen? Was könnte seine Arbeit sein, die dieses wichtige und zutiefst menschliche Unternehmen unterstützte? Der Weihnachtsmann spürte, dass hier eine wichtige Aufgabe auf ihn wartete.

Ein äußerst abgerissen gekleideter Mann mit unübersehbaren Blutspuren auf der Kleidung kam zur Kassenkabine und wandte sich nach kurzem Gespräch mit der Hässlichen ihm zu.

»Hi«, sagte er salopp, »du bist der Neue? Schon Erfahrungen im Metier?«

»Hi«, sagte auch der Weihnachtsmann, »ich bin der Weihnachts…, äh, der Herr Weimann.«

»Billy. Also, hast du schon mal was gemacht in der Richtung?«

»In welcher Richtung?«

»Na, Grusel, Horror und so weiter. «

»Nein«, gab der Weihnachtsmann zu.

»Na, macht nichts, dein Posten funktioniert auf jeden Fall. Und das Kostüm tut ja auch seine Wirkung.«

Inzwischen hatten die beiden Männer eine kleine Tür an der Seite des großen Gebäudes erreicht, an welchem sie schon eine ganze Weile entlangmarschierten. Sie betraten einen kleinen Raum.

»Unser Fundus«, erklärte Billy, »und unser Kaffeezimmer. Alle drei Stunden ist eine Viertelstunde Pause. Dann treffen wir uns hier.«

»Ja.« Der Weihnachtsmann hatte verstanden.

»Jetzt müssen wir dich aber schnell anziehen. Da musst du dich reinschmeißen heute. Ohne Proben ganz nach oben, haha.«

Billy gab dem Weihnachtsmann einen überlangen schwarzen Mantel, aus dessen Ärmelenden lange silberne Messer hervorstaken.

»Musst du von innen festhalten«, erläuterte Billy, »dann kannst du damit klappern und auch mal ein paar Haare abschneiden. Aber Vorsicht, sind nicht ganz ohne, die Dinger, dein Vorvorgänger hat sich mal eins ins Bein gerammt aus Versehen, der hatte ordentlich zu tun.«

Da die Ärmel keinerlei Öffnung besaßen, sondern eben direkt in diese Messer übergingen, sah der Weihnachtsmann nun keine Möglichkeit mehr, seine Hände zu benutzen.

Billy knöpfte ihm freundlich den Mantel zu und setzte ihm auch die überdimensionale Kapuze auf den Kopf. »Siehst gut aus«, konstatierte er, »zum Gruseln. Bevor wir an deinen Platz gehen, sag ich dir noch kurz, was du machen musst. Also, besonders gut kommt ein kurzer undefinierter Schrei, also mit undefiniert meine ich keinen Schreckensschrei, sondern eher so gefährlich, vielleicht wie ein Tier, ein angreifender Bulle oder Tiger oder so. Mach ma!«

»Röh! Röh!«, versuchte sich der Weihnachtsmann vorsichtig an Einars Lieblingsgeräuschen.

Tatsächlich sah er jetzt ziemlich gruselig aus. Im Grunde war aus dem Weihnachtsmann ein lebendiger Mantel mit Messerhänden und großer Kapuze geworden, deren Schwärze jegliche Gesichtszüge verschluckte.

»Na ja«, sagte Billy, »wenn dir das nicht so liegt, kannst du auch husten, röcheln oder so was. Weißt du was, am besten fängst du mal mit einem Hustenanfall an. Probier dich erst mal aus. Mit der Zeit kannst du ja verfeinern. Wie gesagt, deine Position klappt immer. Du bist sozusagen das Ausrufezeichen, nachdem wir vorher schon ordentlich eingeheizt haben. Also, los, gleich gongt's hier mächtig laut, und dann kommen schon wieder die Ersten angefahren.«

Billy nahm den Weihnachtsmann am Arm und zog ihn im Lichtschein einer kleinen Taschenlampe durch einige schmale Gänge in eine kleine Nische. Der Weihnachtsmann in seinem ungewohnten Outfit passte genau hinein.

»Ach, jetzt haben wir das Wasser vergessen«, fiel Billy noch ein, »aber du kriegst die Flasche ja eh nicht alleine auf. Also egal. In drei Stunden sehen wir uns wieder. Geh auf keinen Fall vorher vom Platz weg. Die Wagen hier haben Karacho. Wenn dich einer an der falschen Stelle rammt, hast du nix zu lachen. Okay?«

»Und jetzt soll ich drei Stunden husten?«, fragte der Weihnachtsmann ein wenig bekümmert.

Billy guckte irritiert und lachte dann. »Immer wenn wer kommt, du Spaßvogel«.

Im nächsten Augenblick hatte Billy sich seine Maske aufgesetzt, was dem Weihnachtsmann einen unwillkürlichen und nur ansatzweise unterdrückten Schrei entlockte, und war eilig davongestiefelt. Ein Gong ertönte, der Weihnachtsmann presste sich in seine Nische und harrte dort der Dinge, die da kommen sollten.

Es kamen keine Dinge, es kam ein Wagen. Darin saßen dicht gedrängt ein bebauchter Mann nebst lockiger Frau sowie zwei Jungen und ein Mädchen. Außer dem scharrenden Geräusch des Wagens auf den Schienen war nichts zu hören. Die drei Kinder hielten sich an Mama und Papa fest, und das Mädchen hatte die Hände vor die Augen geschlagen. Als der Wagen kurz davor war, am Weihnachtsmann vorbeizufahren, schalteten sich in seiner Nische automatisch zwei Scheinwerfer an. Einer von unten, einer von oben. Sie beleuchteten den nichtsahnenden Weihnachtsmann genau so, dass seine Messer an den Händen blinkten. Auch seine Augen innerhalb des in der Kapuze verschwindenden Gesichtes leuchteten.

Die Kinder schrien. Die Frau kreischte. Und der Familienvater umklammerte die beiden ihm am nächsten liegenden Handgelenke. Daraufhin wurde aus dem Schreien zweier Kinder ein Schmerzensgeheul, worauf der Familienvater seine Anspannung offensiv loszuwerden versuchte und seine gesamte Familie anbrüllte, sie solle endlich still sein, das hier sei nur ein Spaß und sie wohl die größten Memmen, die er je in seinem Leben getroffen habe.

»Ist ja gut!« Erschrocken bemühte sich der Weihnachtsmann einzugreifen, aber schon war der Wagen davongefahren und die Beleuchtung in seiner Nische wieder auf Stand-by. Nicht die Schienen betreten, erinnerte sich der Weihnachtsmann und zog sich auf seinen Warteplatz zurück. Gerade wollte er ins Grübeln verfallen, da hörte er wieder das scharrende Geräusch eines herannahenden Wagens. Das Licht in seiner Nische ging an, und die im Wagen sitzenden Menschen brachen in Schreckensschreie aus.

»Was ist denn los?«, fragte der Weihnachtsmann besorgt, aber schon war der Wagen weg, und das Licht ging aus. Ein paarmal wiederholte sich dieser Ablauf fast genauso, dann hatte der Weihnachtsmann genügend Zwischenzeiten gehabt, um zu verstehen, dass er es war, dessen Anblick den Vorbeifahrenden einen solchen Schrecken einjagte. Er musste einen Plan fassen. Er musste schneller sein. Schneller, als die Wagen weiterfahren konnten. Er musste es irgendwie schaffen, die Menschen von seiner Freundlichkeit zu überzeugen. Ihnen die Angst nehmen. Sie wieder froh und voller Selbstvertrauen in die Welt entlassen. Das war sein Plan.

Im Übrigen war dem Weihnachtsmann aufgefallen, dass die Menschen in den Autos überhaupt nicht entstellt wirkten, eher ganz normal. Sollte es möglich sein, dass in dieser Einrichtung hier doch keine Ambitionen zur Integration, sondern eher zur Rache und Bestrafung gehegt wurden? Ließen in dieser Dynastie der Hässlichen die Verunstalteten ihre gesammelten Frustrationen an den sogenannten »Normalen« aus? Wurden diese womöglich hier hineingeschleust, um ihnen ihre Überheblichkeit zu nehmen und – noch fataler – um ihren durchschnittlichen oder gar hübschen Zügen den durch Angst und Schrecken erzeugten Ausdruck von Hässlichkeit hinzuzufügen? Daran wollte der Weihnachtsmann unter keinen Umständen mitwirken.

»Ich bin Pazifist«, sagte er wie zur Bestätigung zu sich selbst, »ich bin für friedliche Revolutionen.«

Mitten in seine Überlegungen polterte wieder ein Wagen. Die Menschen schrien, aber diesmal übertrat der Weihnachtsmann die Anweisung und die Grenzen seiner Nische.

»Habt keine Angst«, rief er, während er dem Wagen ein Stück hinterherlief. »Ich bin nur verkleidet! Ich bin keiner von denen. Ich tue euch nichts!«

Aber die Menschen im Wagen kreischten umso lauter, je näher er ihnen kam. Rückzug, sagte sich der Weihnachtsmann, meine Worte sind versickert. Ich muss es anders angehen.

Den nächsten und übernächsten Wagen ließ er durchgehen, während er in seiner Nische stand und versuchte, die Kapuze vom Kopf zu bekommen. Leider schnitten die Messer an seinen Händen dabei Teile des Stoffes in Fetzen. Auch hatte er sich in seinem Eifer unbemerkt einige kleine Schrammen im Gesicht zugefügt, aus denen nun zart, aber unerbittlich Blut quoll. Durch heftiges Kopfschütteln gelang es dem Weihnachtsmann schließlich, einen nicht unbeträchtlichen Teil seines privaten Aussehens wiederzuerlangen. Dachte er zumindest, denn er hatte ja keinen Spiegel griffbereit, und auf Erfahrungen mit Beleuchtungstechnik konnte er auch nicht zurückblicken.

Als der nächste Wagen kam und das Licht in seiner Nische wieder leuchtete, verschränkte der Weihnachtsmann die Messerhände hinter dem Rücken, trat höflich vor, setzte sein freundlichstes, ja unschuldigstes Lächeln auf und sprach betont liebreich: »Guten Tag, die Herrschaften. Ich möchte Sie …«

Die Leute im Wagen, zwei Erwachsene und ein Kind, schrien so laut, dass er sich selbst nicht mehr verstand.

»Es ist jetzt vorbei, Sie brauchen keine Angst mehr zu haben«, brüllte er.

Und als die Leute im Wagen immer noch nicht zuhören wollten, dieser aber schon wieder wegzufahren drohte, sprang er – von seiner Sportlichkeit selbst überrascht – auf. »Hören Sie …«

Das Kind, ein Mädchen um die dreizehn Jahre alt, starrte den Weihnachtsmann aus schreckgeweiteten Augen an. Sein Gesicht war inzwischen mit einem natürlichen Make-up aus Schweiß, Blut und dem klebrigen Staub der Geisterbahn bedeckt.

Und als die aufgelöste Frau versuchte, dieses übergriffige Schreckgespenst aus dem Wagen zu schieben, half ihr Mann mit.

»Ich bin der Weihnachtsmann, ich habe …« Der Weihnachtsmann wollte sich erklären. Er fuchtelte mit seinen Händen herum und hatte ganz vergessen, dass da ja Messer dran waren. Er bemühte sich gerade, wieder gütig zu lächeln, als zwei ausgestreckte flache Hände ihm energisch an den entblößten Hals schlugen. »Selbst…ver…teidi…gung!!«, hörte er die Frau noch zittrig schreien, dann wurde ihm schwarz vor Augen.

Mehrere unendliche Vertikalkilometer weiter konnte auch Gwendolin Mandolin an ihrem Arbeitsplatz eine gewisse Schwärze vor Augen nicht mehr lange leugnen.

»Da ist er rein, der Rotweiße. Vor etwa einer halben Stunde. Seitdem hab ich ihn nicht mehr gesehen. Scheint irgendwie durchleuchtungsresistent zu sein, das Gemäuer.«

Eine kleine Zeichnung hatte Gwendolin angefertigt, um die anderen auf dem Laufenden zu halten.

»Das musst du Bambino zeigen. Der muss das wissen«, sagte Madame Adèle.

»Ist der immer noch nicht los?« Der lange Hartung meldete sich wieder zu Wort.

«Keine Ahnung«, Gwendolin seufzte, »hat sich nicht abgemeldet, und unten scheint er auch noch nicht angekommen zu sein. Geh doch mal gucken, Hartung!«

Der lange Hartung stiefelte tatsächlich los, und in einer Mischung aus Frustration und Belustigung vermeldete er gleich darauf: »Bambino ist noch am Packen. Ich würde sagen, er braucht mindestens eine Boeing 747, um das ganze Zeug runterzutransportieren.«

»Jetzt reicht's«, rief Madame Adèle, »du holst ihn hierher, Hartung. Jetzt. Dann soll er noch mal die Rentiere anrufen. Und zwar ohne große Quatscherei, einfach mal ihre Meinung hören. Und dann endlich ab. Runter. Jetzt!«

Als der Weihnachtsmann wieder zu sich kam, lag er im Dunkeln. Nicht weit von seinen Füßen ertastete er Schienen, und nicht lange, da hörte er das bekannte scharrende Geräusch eines herannahenden Wagens. Wohin sich wenden? Was tun?

Ein »Entschuldigung, können Sie mich bitte ein Stück mitnehmen« kam ihm nach den letzten Erfahrungen ungeeignet vor.

Der Weihnachtsmann zog seine Füße zu sich heran und machte sich ganz klein.

So klein, wie es eben ging in einem engen schwarzen Gang, in dem Autos mit schreienden Menschen automatisiert herumgefahren wurden. Er beschloss, einfach liegen zu bleiben, seine Mission für gescheitert zu erklären und auf den Gong zu warten, der ihm hoffentlich Billy brachte und mit ihm seine Befreiung aus dieser misslichen Situation.

Nach etwa einer halben Stunde und mindestens 22 vorüberknarrenden Wagen wurde dem Weihnachtsmann übel. Er versuchte aufzustehen, tastete sich an den Rand des dunklen Ganges und dachte nach. Wasser, er brauchte Wasser. Das war klar. Aber leider völlig unerreichbar. Außerdem kam er ja nicht aus dem Mantel heraus. Ein Wagen knarrte dicht an seinen Füßen vorbei. Er kam nicht aus dem Mantel heraus? Wieso eigentlich nicht? Das war ein Notfall, er musste aus dem Mantel. Ein Wagen knatterte vorbei. Der Weihnachtsmann ließ die Messer von innen los, raffte den schwarzen Stoff und zog den gesamten Mantel über den Kopf. Geht doch, dachte er ermutigt. Ein Wagen knarrte vorbei, genau in dem Augenblick, als er sich just des messerbewehrten Stoffgebildes entledigte. Wieder hörte er Schreie, konnte in der Finsternis jedoch die strampelnde, sich zu befreien suchende Wagengesellschaft nicht sehen. Jetzt gehe ich Billy suchen, dachte sich der Weihnachtsmann. Tapfer tastete er sich die Gänge entlang. Ein Wagen kam und wieder einer, und der Weihnachtsmann musste sich eingestehen, dass das so nichts würde. Raus, konnte er nur noch denken. Raus. Und in den nächsten Wagen, der kam, setzte er sich hinein.

Als dessen Insassen ausgeschrien hatten und den Weihnachtsmann nur noch aus großen Augen ansahen, suchte er das Gespräch: »Guten Tag.«

Weiter kam er nicht, denn aus den mindestens vierdimensionalen Boxen der Anlage erscholl der Höhepunkt des Schreckens, eine ohrenbetäubende Komposition aus Kettenklappern, Türenquietschen und Schreiarien in allen Tonlagen. Dann wurde es plötzlich gleißend hell. Der Weihnachtsmann wie auch seine unfreiwillige Fahrgemeinschaft hielten sich unwillkürlich die Augen zu. Der Wagen hielt mit einem Ruck. Gelächter drang an die Ohren der Insassen, und nach einer Weile wurde auch dem Weihnachtsmann klar, dass er angekommen war. Draußen! Am Leben! Dass er, wie alle Teilnehmer dieser Geisterbahn, jetzt von den zuvor Gefahrenen erst einmal ausgelacht wurde, drang dem Weihnachtsmann überhaupt nicht ins Bewusstsein. So glücklich war er, so froh, diesem merkwürdigen und lebensgefährlichen Job entronnen zu sein.

Ohne auch nur einen Gedanken an Billy oder gar an irgendwelche Rechte und Pflichten zu verschwenden, verließ er Maxwells Demon Castle auf dem schnellsten Wege. In der Kabine links saß jetzt anstelle der wunderbaren Hässlichen ein aufgequollener Blassgrüner mit Pestbeulen auf der bleichen Glatze. Aber weder er noch die nach wie vor zahllos herankommenden Besucher bemerkten den heraustaumelnden Weihnachtsmann.

Nur ein kleiner Junge rief: »Guck mal, der haut ab!«

Woraufhin seine Mutter aufschaute und ihrem Sohn zärtlich erklärte: »Der hat bloß Feierabend, Schatz.«

Unfreiwilligen Feierabend machte Gwendolin Mandolin. Mitten in ihrer schier endlosen Observation der Geisterbahn von außen war sie an ihrem Fernglas eingeschlafen. Leider hatte sie dadurch aber just den Moment verpasst, in welchem der ramponierte Rotweiße Klaus das Dämonencenter verlassen hatte.

Übergepäck

71 Tiegelchen, Döschen und Flakons hatte Bambino vor sich aufgebaut und dachte angestrengt darüber nach, auf welche von ihnen er unten auf der Erde verzichten könnte. Der lange Hartung hatte ihm deutlich zu verstehen gegeben, dass er mit seinem Übergepäck von 37 Kilo nicht auf die Erde hinunterbefördert werden konnte. Und seltsam: Dieser Hartung, obwohl er ihm eigentlich gar nichts zu sagen hatte, denn schließlich waren sie alle gleichberechtigte Mitglieder des ehrwürdigen Himmlischen Rates, schüchterte ihn stets dermaßen ein, dass er nun tatsächlich entschlossen war, einen Großteil seiner Pflegeprodukte zu opfern. Und dies, nachdem er bereits 15 Schneeanzüge, elf Paar Fellstiefel und fünf Muffs aus verschiedensten Pelzen aussortiert hatte, obwohl es auf der Erde unten bekanntlich bitterlich kalt sein sollte.

Bambino schniefte und musterte alarmiert das zum Schwinden verdammte Fläschchenregiment vor sich: Das sanfte Reinigungsgel mit Power-Boost-Funktion brauchte er dringend für seine Mischgesichtshaut, ebenso die Augenkontourcreme mit straffender Kristallessenz.

Mhh, vielleicht konnte er ausnahmsweise den Nagelwhitener und den Ultracosma Nagel-Aktivator nebst dem dazugehörigen Werkzeugarsenal zurücklassen, wenn er sich vorher noch einmal bei »Supranatural Nails« die Nägel machen ließ. Bambino seufzte und schob die gesamte Handpflegeabteilung auf die linke Seite, die er innerlich mit »Zurücklassen (KATHASTROPHE!!!)« beschildert hatte. Blieben noch achtzehn weitere Kilo Übergewicht. Bambino kaute verzagt auf seiner Unterlippe und verfluchte die elende Sparsamkeit von Madame Adèle, die damals nur die Economy Edition des Erdtransmitters geordert hatte. Im Business-Modell hätte er problemlos seine gesamte kosmetische Grundausstattung unterbringen können. Nicht auszudenken, wenn er da unten jetzt einen eingerissenen Nagel haben würde. Nicht auszudenken.

Während Bambino widerwillig weitere Pflegeartikel auf die unvermeidliche Zurücklassen-Seite schob, entfernte sich der Weihnachtsmann zusehends von der Stelle, an der die himmlische Navigation ihn zuletzt geortet hatte.

Er fühlte sich so erledigt, als wäre er gerade einer langjährigen Terrorherrschaft entronnen. Diese Menschen waren ja vollkommen verrückt. Unter Arbeit verstanden sie also wahlweise, Leuten, die schon nicht das Geld für eine Fahrkarte aufbringen konnten, gleich noch mehr Geld wegzunehmen oder arme verunstaltete Kreaturen zur Schau zu stellen und sie dem Entsetzen ihrer Mitmenschen auszuliefern.

Und das durchaus bemühte Personal der Arbeitsagentur schien ja keine Ahnung davon zu haben, wie es in dieser seltsamen Arbeitswelt zuging. Sonst würden sie ja wohl kaum jemanden dorthin schicken, dachte der Weihnachtsmann und sog begierig die Winterfrische in seine mit stickiger Dämonenluft verpesteten Lungen.

Lieber fuhr er einmal im Jahr Geschenke aus, packte den Rest des Jahres die Päckchen ein, aß Schaumzuckerwölkchen, trank den wirklich guten Blitzeistee und ertrug dafür die irre Bagage da oben, als noch einmal auf dieser Erde eine sogenannte Arbeitsstelle anzutreten. Auf einmal wusste er, was zu tun war.

»Haaaallooo«, der Weihnachtsmann legte den Kopf in den Nacken und brüllte in den grauverhangenen Mittagshimmel hinein, » ich habe genug Abenteuer gehabt, ihr könnt mich jetzt bitte doch ab-hoooo-leeen.«

Der Weihnachtsmann war sich bewusst, dass seine rasche Meinungsänderung im Himmel einige Verwirrung stiften würde, schließlich hatte er Bambino gerade vor ein paar Stunden noch telepathisch mitgeteilt, dass er lieber die Geheimnisse des irdischen Lebens entdecken wolle, als sich wieder in ihre himmlischen Dienste zu begeben. Daher war er wenig überrascht, dass der Himmel nun erneut eine Antwort schuldig blieb.

»Eingeschnappt«, murmelte er und stapfte entschlossen über den dünnen Schneefilm, der sich sanft auf den Asphalt gelegt hatte, »das hätte ich mir ja denken können.«

Der Weihnachtsmann konnte ja nicht ahnen, dass die gesamte Himmelscrew gerade damit beschäftigt war, die verbliebenen vierzehneinhalb Kilo Übergepäck in den zu kleinen Frachtraum des Erdtransmitters zu stopfen, dabei einen angeregten Meinungsaustausch über weitere zurückzulassende Artikel mit deren Besitzer führte und seine Rückbeförderungswünsche daher gründlich überhörte.

Er beschloss, sich nicht weiter auf himmlische Hilfe zu verlassen und Einar und Elvar, die er ohnehin schon viel zu lange in der Obhut der scheinbar irren dicken Dame gelassen hatte, aufzusuchen und sie zur Rückkehr in den Himmel zu überreden.

Ein zärtliches Gefühl breitete sich in seinem Brustkorb aus. Wie hatte er die beiden Rabauken nur so lange allein lassen können? Bestimmt hatten sie schon längst genug von dem Menschenessen, bereuten ihren Streik und warteten sehnsüchtig auf seine Rückkehr. Er musste sofort dorthin.

Die Frage war nur: Wie kam er zu dem blauen Haus, in dem Einar und Elvar derzeit wohnten? Seine innere Wegbeschreibung begann am Gasthaus »Zum Himmelreich«, und das schien meilenweit entfernt zu sein.

Der Weihnachtsmann blieb abrupt stehen und versuchte, sich zu orientieren. Hinter ihm lag seine ehemalige Arbeitsstelle »Maxwell's Demon Castle«. Dorthin wollte er auf keinen Fall zurück. Aber wenn er einfach die grobe Richtung »Arbeitsagentur« einschlug, würde er vielleicht das Obdachlosenheim wiederfinden. Plötzlich tauchte ein Name am winterlichen Firmament auf und leuchtete hell wie der strahlendste Leitstern: A-M-A-R, der arabische Mond, er würde den Weg zum blauen Haus sicher finden. Außerdem war er der Einzige, der an ihn glaubte und verstehen würde, warum er nicht länger auf der Erde bleiben konnte. Mit frischem Mut machte sich der Weihnachtsmann auf den Weg in Richtung Innenstadt und freute sich darauf, bald wieder eine dieser unvergleichlich weichen Rentierschnauzen an seiner Hand zu spüren.

Bambino stemmte sich mit der ganzen ihm zur Verfügung stehenden Kraft seines rosigen Körpers gegen die Tür des Erdtransmitters. »Nein, das Anti-Sternschuppenshampoo bleibt drin«, kreischte er und versperrte dem langen Hartung den Weg. Dieser hatte bereits fünfzehn weitere Pflegeprodukte sowie den Bauchmuskeltrainer-to-go in die Atmosphäre hinausgepfeffert, so dass sie nun wie Trabanten um den Erdtransmitter kreisten.

«Das muss noch weg!« Lässig hielt der lange Hartung das Shampoo in die Luft, so dass Bambino es nicht erreichen konnte. »So bewegt sich der Transmitter keinen Nanometer.«

»Das werden wir ja sehen.« Bambino hatte nun trotzig die Arme verschränkt. «Wenn das Shampoo nicht mitdarf, gehe ich auch nicht«, sagte er und sah schmerzensreich dem Magic Dry Hair Finisher nach, der gerade am Fenster vorbeischwebte.

»Das Shampoo bleibt hier«, wollte Hartung gerade sagen, da kam ihm ein Gedanke: War es nicht völlig sinnlos, seine kostbare Energie ständig an diesen hoffnungslosen Fratz zu vergeuden? Sollte er doch sehen, wie er mit seinem Übergepäck klarkam. Er ließ seinen Arm sinken und drückte dem verdutzten Himmelskollegen das Shampoo in die Hand. »Okay, nimm's mit.«

»Neeeeh«, protestierte Bambino, nachdem er seine Verwirrung abgeschüttelt hatte, »du musst sagen, dass das Shampoo hierbleiben soll!«

»Nein, nimm's ruhig mit, klappt bestimmt!«

»Nnnein!«

»Doch, ist okay.«

»So geht aber das Spiel nicht. Du musst dagegen sein! Menno.«

Hartung sah Bambino mit seinem Blick an, den er immer dann aufsetzte, wenn er kurz davor war zu explodieren, als es von draußen gegen die Tür hämmerte: »Seid ihr jetzt mal bald fertig da drin? Gwendolin hat den Rotweißen Klaus wieder verloren, du musst ihn jetzt sofort suchen.« Madame Adèle konnte sehr überzeugend sein, wenn es darum ging, andere zur Arbeit anzustiften.

»Wieso das denn, diese Mondkuh?!«, formulierte

Bambino zugleich Frage und Beleidigung und riss dabei die Tür des Raumschiffs auf.

»Ja, das ist ja wohl eine bodenlose Schlamperei«, ereiferte sich nun auch Hartung.

Gegen die weiblichen Mitglieder des Himmlischen Rates standen die beiden Streithähne stets wie eine Eins.

Madame Adèle blickte mit tadelnder Miene auf eine ihrer acht Armbanduhren, die jeweils die aktuelle Zeit der Planeten des Sonnensystems anzeigten. »Wenn du noch bei Tageslicht ankommen willst, musst du bald los, auf der Erde ist es schon Nachmittag. Und bei Nacht finden wir den Rotweißen Klaus bestimmt nicht mehr.«

Bestürzt blickte Bambino den langen Hartung an. »Dann müssen wir ein anderes Mal weiterspielen. Das Anti-Sternschuppenshampoo schenke ich dir«, er streckte sich und strich seinem Kontrahenten mitleidig über das spärliche Haar, »du brauchst es dringender.«

»Du, du, du … fährst jetzt besser.« Eine originellere Replik wollte Hartung auf die Schnelle nicht einfallen, daher stieg er rasch aus dem Erdtransmitter, schloss die Tür hinter sich mit einem dumpfen Knall und legte gehässig den Verriegelungshebel um.

Bambino wollte noch etwas hinterherschicken, aber das Raumschiff war absolut schalldicht. So konnte Madame Adèle ihm auch nicht mehr erklären, wie man im Navigator die Koordinaten für »Planet Erde – Weihnachtsmanngebiet – Aufenthaltsort Rotweißer Klaus« eingab.

Zumindest den Startknopf schien Bambino aber gefunden zu haben, denn sogleich ruckelte und zuckelte der Erdtransporter, hob sich ein wenig in die Höhe und … sackte kraftlos wieder nach unten und erstarb. Madame Adèle und Hartung warfen einander wissende Blicke zu, doch flugs ertönte erneut das Startgeräusch. Wieder ruckelte und zuckelte der Erdtransporter, und dann geschah … ein Wunder, denn er hob sich etwa einen Meter, schien eine kleine Pirouette zu drehen, die im Startprotokoll zwar nicht vorgesehen, aber hübsch anzusehen war, und ruckelte davon. Bambino tauchte kurz am Fenster des Raumschiffs auf und winkte seinen Himmelskollegen mit bangem Stolz noch einmal zu. Schließlich beschleunigte das Raumschiff träge und beförderte Bambino samt seinen unzähligen Kosmetikutensilien im Zickzackkurs Richtung Erde, wurde klein und immer kleiner und verschwand endlich ganz im ewigen Dunkel des Alls.

Madame Adèle löste widerstrebend den Blick und drehte sich zu Hartung: »Ob es wirklich eine gute Idee war, ausgerechnet Bambino auf diese Erdexpedition zu schicken?«

Hartung zuckte mit den Schultern und dachte bei sich, dass er nichts dagegen hatte, diesen Quälgeist für eine Weile los zu sein. Aber das konnte er wegen der Planetical Correctness natürlich nicht laut sagen. »Nun ist es ohnehin nicht mehr zu ändern.«

»Stimmt«, bestätigte Madame Adèle wandlungsfähig, »und überdies ist es nun mal Zeit, deinen Schnuppenschnaps zu probieren, oder?«

Dies wiederum hielt Hartung für eine äußerst gute Idee.

Keuchend stolperte der Weihnachtsmann nach zwei Stunden strammen Fußmarsches über die Schwelle des Obdachlosenheimes und enterte die beleuchtete Küche, in der Amar gerade einen Nachmittagstee zubereitete.

»Ich muss sofort zu den Rentieren!«, rief er und ließ sich geräuschvoll auf einen Stuhl fallen.

Amar drehte sich um und legte den Finger auf den Mund: »Psst, nicht so laut, der Reverend schläft.« Er deutete mit dem Kopf in Richtung Schlafraum.

»Mitten am Tag?«, wunderte sich der Weihnachtsmann.

Amar grinste und stellte eine Tasse Tee vor ihm auf den Tisch: »Er hat Migräne. Vom Schweigen.«

Dem Weihnachtsmann fiel schlagartig das Trinkgelage vom Vorabend ein, das der Anlass für ihre Bußübung gewesen war, und sofort stieg das alte Schamgefühl wieder in ihm hoch. Rasch senkte er sein Gesicht auf die Tasse mit dem grässlichen Erdentee, damit Amar seine Gesichtsfärbung nicht sehen konnte.

»Übrigens, wie war es auf der Arbeitsagentur?« Amar nahm sich einen Stuhl und setzte sich ihm mit erwartungsvoller Miene gegenüber.

»Oh«, stammelte der Weihnachtsmann, »es war sehr ... interessant ... ach Unsinn, es war schrecklich.« Der Weihnachtsmann hob seinen Kopf, so dass Amar sein zerschnittenes Gesicht sehen konnte, und dann erzählte er von der Geisterbahn und der Arbeitsagentur, und er konnte gar nicht mehr aufhören und erzählte auch noch von seinem Dasein als Weihnachtsmann und wie es ihm zu viel geworden war, und als er schließlich bei dem blauen Haus angekommen war und den streikenden Rentieren, schloss er endlich mit den Worten »... darum muss ich zurück«. Und er blickte Amar mit einer Gewissheit an, die dieser bei ihm noch nie gesehen hatte.

Amar stand auf, nahm den Autoschlüssel vom Küchenbord und sagte: »Dann fahren wir jetzt dorthin.« Ihm war klar, dass diese abgewetzte Gestalt in der Obdachlosenküche ihm gerade eine irrsinnige Geschichte aufgetischt hatte, aber etwas in ihm sagte Amar, dass er dem besser nachgehen sollte.

»Aber ich weiß doch den Weg nicht mehr!«, gab der Weihnachtsmann zu bedenken.

Amar schlüpfte in seinen Parka. »Weit entfernt von der Essigfabrik kann es ja nicht sein, los kommen Sie!«

Und mit dem Glück derjenigen, die in einer gerechten Sache unterwegs sind, standen die beiden keine halbe Stunde später tatsächlich vor dem blauen Haus, aus dessen Schornstein bedächtig grauer Rauch emporstieg. Neben dem Schuppen stand noch immer der rentierlose Schlitten, dessen Existenz Amar bestätigte, dass seine Intuition ihn nicht im Stich gelassen hatte.

Plötzlich wurde es dem Weihnachtsmann angst und bange: »Und wenn die beiden wieder nicht mitwollen?«, wisperte er und presste sich tiefer in den Sitz.

»Und wenn doch«, fragte Amar, «dann werden Sie es nicht erfahren, wenn Sie jetzt nicht nachfragen.« Er beugte sich über den Weihnachtsmann und öffnete die Tür. »Soll ich mit?«

Der Weihnachtsmann schüttelte tapfer den Kopf und kletterte mit zitternden Beinen aus dem Obdachlosenbus. »Vor Fremden haben sie Angst. Sie sind sehr scheue, liebe Tiere.«

Er schlug die Tür zu, und Amar sah, wie der Weihnachtsmann kraftlosen Schrittes auf das blaue Haus zuging und schließlich um die Hausecke bog.

Draußen senkte sich allmählich der Abendhimmel herab, und eine feuchte Kälte kroch durch den dünnen Transporterboden empor. Amar überlegte gerade, ob er aussteigen und sich zum Aufwärmen ein wenig die Beine vertreten sollte, da bog der Weihnachtsmann auch schon wieder um die Ecke. Er schien noch kleiner und noch zittriger geworden zu sein. Amar öffnete die Tür und half ihm, wieder in das Auto hineinzuklettern.

Er wollte den Weihnachtsmann nicht drängen, doch als dieser fünf Minuten in die Dämmerung gestarrt hatte, hielt er das Schweigen nicht länger aus: »Und?«

Der Weihnachtsmann öffnete den Mund, doch es kam nur ein leiser Ton aus ihm heraus. Er schluckte, versuchte es noch einmal und flüsterte: »Sie sind weg.«

»Was? Wie kann das sein?« Amar fühlte sich nun selbst fast, als ob zwei gute alte Freunde verschwunden wären.

Der Weihnachtsmann schluckte noch einmal: »Sie haben sich auf dem Bett der dicken Dame gekeilt, sagt sie. Und zwar so wild, dass es zusammengebrochen ist.«

Um Amars Mundwinkel herum zuckte es verdächtig, als er mit beherrschter Stimme fragte: »Und dann?«

»Dann haben sie die Zimmereinrichtung demoliert«, wunderte sich der Weihnachtsmann selbst noch einmal.

Amar kniff die Lippen zusammen und würgte ein weiteres »Und dann?« hervor.

»Dann haben sie …», der Weihnachtsmann stockte, »der Dame einen Kinnhaken gegeben.«

Neben ihm presste Amar nun beide Hände auf den Mund und quetschte seitlich gerade noch ein weiteres »Und dann?« hervor.

»Dann hat die Tierschützerin sie in hohem Bogen rausgeschmissen«, der Weihnachtsmann räusperte sich, während Amar nach Luft japste und an etwas sehr Trauriges zu denken versuchte, »nachdem sie wieder bei Bewusstsein war.«

Als Amar aufheulte, blickte der Weihnachtsmann erschrocken zur Seite und sah verwundert, wie dieser sich auf dem Sitz hin und her kugelte. »Scheue … liebe … Tiere.« Jedes seiner Worte wurde von einem schier unendlichen Lachflash unterbrochen, und erst als er merkte, dass der Weihnachtsmann seinen Humor gar nicht teilen wollte, kam der Bufdi des Obdachlosenheims wieder zu sich. »Masha'Allah, die armen Tiere sind gerettet!«

»Eben nicht! Sie sind da draußen und fürchten sich erbärmlich«, widersprach der Weihnachtsmann wütend.

Amar wischte sich eine Träne aus dem Auge: »Ich glaube nicht, dass Sie sich große Sorgen machen müssen. Die beiden scheinen recht«, wieder zuckten seine Mundwinkel verräterisch, »… selbständig zu sein.«

»Schon«, gab der Weihnachtsmann nach kurzem Nachdenken zu, »aber wie komme ich ohne sie wieder in den Himmel?«

Amar lehnte sich nachdenklich zurück: »Das ist allerdings ein Problem.«

Im blauen Haus wurde ein Vorhang zur Seite geschoben, und die dicke Dame starrte argwöhnisch zu Ihnen hinüber.

»Ich glaube, wir sollten mal den Standort wechseln«, sagte Amar und startete den Bus. »Soll ich Sie ins Obdachlosenheim bringen?«

Der Weihnachtsmann merkte plötzlich, dass ein Teil seiner Erschöpfung auch daher rührte, dass er den ganzen Tag nichts gegessen hatte. Der Gedanke an eine stattliche Portion Käsespätzle setzte augenblicklich seine Magensäfte in Gang.

»Darf ich Sie vielleicht ins Himmelreich einladen?«, fragte er Amar und ergänzte, nachdem dieser ihn mit einem kritischen Blick bedachte: »Das ist ein Gasthaus.«

Amars Magen knurrte zustimmend. Er grinste und steuerte den Wagen zurück in die Stadtmitte, wobei der Weihnachtsmann ihm seltsamerweise exakt den Weg weisen konnte.

Im Gasthaus »Zum Himmelreich« waren bereits alle Fenster einladend hell erleuchtet, als die beiden dort ankamen. Amar stellte den Wagen an den Straßenrand und zog den Schlüssel ab.

Die beiden stiegen aus und gingen, gestärkt von der Aussicht auf ein gutes Mahl, mit festen Schritten zum Gasthaus. Der Weihnachtsmann stieg die wenigen Treppen leichtfüßig hinauf und öffnete gastgeberhaft die Wirtshaustür.

Sofort strömte ein köstlicher Geruch auf die Straße. Amar folgte ihm und sah sich neugierig in der Gaststube um. Augenblicklich vergaß er seinen Hunger, er vergaß, wer der alte Mann war, der vor ihm herging, und warum er überhaupt mit ihm hier war, ja, er vergaß sogar ein wenig, wer er selbst war.

Denn beim Betreten dieses Lokals fiel sein Blick auf ein unvergleichliches, wunderbares und alles bisher Gewesene vergessen machendes BLAU.

Zur gleichen Zeit blickte der australische Hobbyastrologe Craig T. mit seinem frisch erworbenen Profi-Teleskop in die unendlichen Weiten des Weltalls und registrierte ein unbekanntes Flugobjekt im Zickzackkurs, das gerade im Begriff war, in die Erdatmosphäre einzutreten. Craig war überzeugt, einen unheilbringenden Meteoriten entdeckt zu haben, der sich mit konstanter Geschwindigkeit auf die Erde zubewegte und dabei von 16 unterschiedlichen Trabanten umkreist wurde, von denen einer erstaunlicherweise die Form eines Fitnessgerätes hatte.

Farbe bekennen

»Blau«, sagte Amar, als der Weihnachtsmann einen Tisch vorschlug, um Platz zu nehmen.

»Frau« raunte er, als sein Begleiter ihm freudig die sogenannten »Kessen Spätzli« empfehlen wollte.

Und »Wow« floss es ihm aus den bebenden Lippen, als Luna den Weihnachtsmann entdeckt hatte, ihr Tablett mit den gerade frisch aus der Küche kommenden Speisen auf dem nächstbesten Tisch abstellte und schwungvoll auf den bärtigen Herrn zustürmte.

»Willkommen zurück!«, rief sie. »Heute haben wir gefüllte Rote Bete. Ist mein absolutes Lieblingsgericht. Wollen Sie mal probieren?«

»Ja, gern«, antwortete der Weihnachtsmann, woraufhin Luna ihn mit lustig blitzenden Augen zu mustern begann.

»Was haben Sie diesmal erlebt?«, flüsterte sie, »Sie sehen schon wieder so … mitgenommen aus.«

»Frollein Luna!«, scholl es hart vom Tresen, woraufhin die Kellnerin nur die Achseln zuckte und mit einem zarten Blick der Sorte Erzählen-Sie-es-mir-nachher-in-Ruhe auch schon davonrauschte.

»Zweimal bitte«, rief ihr der Weihnachtsmann noch hinterher, als Luna fast schon hinter der Küchentür verschwunden war. »Oder wollten Sie etwas anderes, Amar?«, fragte der Weihnachtsmann, und erst als er bemerkte, dass dieser selbstvergessen durch ihn hindurch in eine unbekannte Ferne sah, stutzte er: »Amar, sind Sie …?«

»Wer ist das«, flüsterte Amar, »woher kennen Sie sie?«

»Luna?«

»Luna, Mondfrau.« Der Name zerschmolz auf Amars Zunge.

»Ja, Luna, meine himmlische Verbündete«, erwiderte der Weihnachtsmann eifrig, woraufhin Amars Augen sich weich wie Schokoladensahne zur Decke wandten.

«Himmlische Verbündete«, flüsterte er.

»Ja, Luna hat mich gerettet. Praktisch … bevor Sie mich gerettet haben.«

»Gerettet.« Immer noch befand sich Amars Stimme im Säuselmodus, als Luna mit zwei Tassen heißem Tee an ihren Tisch trat.

Sie lachte Amar freundlich an: »Ich hab einfach zweimal das Gleiche gebracht. Tut mir leid, ich habe Sie vorhin gar nicht richtig wahrgenommen. Aber der Herr hier sorgt ja für Sie. Ich hoffe, Sie mögen Tee?«

»Tee?« Amar versuchte sich zu konzentrieren. Grüne Augen, dachte er, und in seinen Ohren klang Lunas Stimme wie helle Glocken. Schwarzes Kleid, Kette,

Mund, Nase … Lunas Gesicht erkannte Amar aus hundert Träumen, und während er sich noch bemühte, Lunas Erscheinung durch bewusste Registrierung ihres Äußeren in der Wirklichkeit zu verorten, entriss die Bewegung, mit der sie die Teetassen auf dem Tisch abstellte, seiner Anstrengung wieder jegliche Grundlage. Amars Mund öffnete sich, seine Wangen überzogen sich rot, sogar Amars Arme bewegten sich wie von selbst nach oben. Aber über seine Lippen kam kein einziges Wort mehr.

Für einen kurzen Moment schien das gesamte Gasthaus still zu stehen. Keiner kam, keiner ging, die Küchentür blieb geschlossen, kein Ruf nach Bedienung erscholl, die Essensglocke schwieg, und sogar der Wirt hielt, ohne zu wissen warum, in seinem allgegenwärtigen Kontrollwahn inne.

Während der Weihnachtsmann noch verwirrt von einem Mond zum anderen blickte, begann Luna zu lachen. Erst war es ein ganz leichtes Vibrato, das an ihrem Zwerchfell zupfte und ihre Mundwinkel in die Höhe hob. Dann traten ein paar Tränen in ihre Augen, und nachdem in ihrem Inneren Lachen und Weinen augenscheinlich einen sekundenschnellen Kampf ausgefochten hatten, prustete sie los.

»Sie …, Sie …«, versuchte Luna durch ihr eigenes Gelächter zum Weihnachtsmann hindurchzudringen, »Sie haben wohl schon wieder ein Geschenk mitgebracht? Das …, das …« Genauso plötzlich, wie er gekommen war, brach Lunas Lachanfall wieder ab. »Das wäre nicht nötig gewesen.« Und ohne weitere Erläuterungen zog sie sich in die Küche zurück.

Amar schüttelte sich die Verwirrung vom Leib und stand auf. »Eine … traurige … Sternschnuppe«, tropften die Worte aus ihm heraus, »aber was immer sie bedrückt«, führte er weiter aus, »ich werde ihren Kummer lindern. Herr Weimann, ich werde mich um diese wunder…, um diese Frau kümmern. Falls ich länger weg sein sollte, essen Sie ruhig schon. Und sagen Sie bitte im Heim Bescheid, dass ich mich womöglich ein wenig verspäten werde. Ihr kriegt das ja mal ohne mich hin, nicht wahr?« Damit stand Amar auf, klopfte dem Weihnachtsmann beinahe liebevoll auf die Schulter und machte sich auf den Weg in Richtung Küche.

»Sie da«, rief der Wirt, »das ist privat!« Und als Amar keine Anstalten machte, von seinem Vorhaben abzulassen: »Nehmen Sie Ihre Pfoten von der Tür! Da wird gekocht, verstehen Sie? KEIN Zutritt!«

Amar aber lächelte bloß milde und enterte die Küchentür.

Der Weihnachtsmann hatte dem Schauspiel schon seit einiger Zeit sprachlos zugesehen. Ihm schienen die Angewohnheiten der Erdenbewohner wieder einmal einen Gipfel an Fremdheit erreicht zu haben. Allerdings war er noch befremdeter, als Amar, der doch gerade eben noch angekündigt hatte, längere Zeit wegzubleiben, schon nach gefühlten drei Sekunden wieder in der Gaststube erschien. Wie ein einsamer

Cowboy im Saloon stand er vor der Küchentür, unschlüssig, tapfer und verlegen.

Und wieder im nächsten Moment stürzte Amar, hinterrücks von der schwungvoll aufgestoßenen Küchentür gerammt, auf die Tische der Speisenden zu. Seinen unausweichlich erscheinenden Fall konnte er gerade noch an der Schulter des Weihnachtsmannes bremsen.

»Silvester«, raunte er bedeutungsschwer, rappelte sich auf, zog seine Jacke an und verließ ohne weitere Erklärungen das Restaurant.

»Silvester?«, fragte der Weihnachtsmann, als Luna mit den beiden dampfenden Tellern an seinen Tisch trat.

»Ich hab ihn zur Silvesterparty eingeladen.« Luna sah den Weihnachtsmann forschend an: »Wer ist er?«

»Amar«, antwortete dieser, »er hat ein Heim, und da schlafe ich. Ist ein Guter. Hat mich gerettet. Und heute …«

»Der ist verknallt«, unterbrach ihn Luna.

»Verknallt?«

»Ja, komplett verliebt. So was merkt man.«

»Aha. In wen denn?«, verstand der Weihnachtsmann noch immer nicht.

Luna sah ihn spöttisch an. »Sie haben ihn doch extra mitgebracht. Das ist schon süß von Ihnen. Auch wenn es diesmal …« Vorsichtig strich Luna über den Ring an ihrer Hand. Dieses größte und vor allem frohmachendste Geschenk, das sie je in ihrem Leben erhalten hatte, fühlte sich warm und freundlich an. Ein feines Funkeln schien plötzlich von ihm auszugehen. Tief in sich spürte Luna eine wissende Ruhe. Sie sah den alten Herrn neben sich noch einmal ganz genau an. »Sind Sie mein persönlicher Engel? Oder durch Zufall bei mir gelandet?«

Dem Weihnachtsmann wurde ungemütlich. »Ich bin…«, er zögerte eine Weile, entschied sich dann aber, es wieder einmal mit der Wahrheit zu versuchen, »der Weihnachtsmann«, erklärte er. »Ich habe meine Rentiere verloren und komme hier nicht weg.«

Luna legte ihre rechte Hand über den mittlerweile zart vibrierenden Ring an ihrer linken. Einen Moment schien sie nachzudenken. Dann blickte sie den Weihnachtsmann an. »Alles klar«, sagte sie und gab ihm die Hand, »ich freue mich, Sie kennenzulernen.«

Der Weihnachtsmann atmete auf. Luna glaubte ihm. Luna verstand ihn. Luna war seine Verbündete. Merkwürdig nur, dass ihr das selbst anscheinend überhaupt nicht bewusst war.

Während der Weihnachtsmann immerhin ein kleines Stückchen vom sicheren Boden der eigenen Glaubwürdigkeit wiedergewonnen hatte, und auch seinem bedrohlich knurrenden Magen eine gewaltige Verbesserung des Befindens in Aussicht stand, wanderte Amar zutiefst verunsichert durch die abendlich beleuchtete Stadt. Die winterliche Kälte hatte seine Benommenheit in klirrenden Klärungsbedarf verwandelt, und so grübelte er sich Schritt für Schritt die Straßen entlang. Hatte er nun einen Korb bekommen oder nicht? Was hatte das Blaue Wunder ihm mitteilen wollen?

»Sie kann nicht. Sie will nicht. Sie hat andere Ufer erreicht. Und ich soll sie bitte sehr in Ruhe lassen.« Amar redete laut mit sich selbst. »Aber immerhin hat sie mich zur Silvesterparty eingeladen.« Silvester, das deuchte Amar wiederum wie ein einziges großes Versprechen. Gemeinsam Silvester, das war eine Andeutung fürs ganze Jahr, das ließ doch hoffen, dass …

Woher kannte eigentlich der Herr Weimann so eine Frau? Also eigentlich DIESE Frau, seine hundertprozentige Frau? Ja, das war doch eine verständliche Frage. Er persönlich, Amar, hatte diesen Landstreicher vor dem Erfrieren gerettet, hatte ihn eingesammelt und war dabei, ihm in ein, sagen wir, »normales« Leben zurückzuhelfen. Er kümmerte sich um ihn. Und jetzt lud der ihn zum Essen ein, in ein richtiges Restaurant, und kannte auch noch die Bedienung. Und wie war es überhaupt dazu gekommen? Hatte er nicht gerade noch mit dem Alten versucht, Rentiere auszulösen? Hallo? Rentiere? In diesen Breitengraden gab es keine Rentiere. Und wie der alte Bartträger ständig behauptete, er sei der Weihnachtsmann. Und wie er, ein gesunder junger Mann mit arabischen Wurzeln, auch noch begonnen hatte, das zu glauben. Da stimmte hinten und vorne was nicht.

Aber diese Frau … Amars Gedanken verwirrten sich. Vielleicht war alles gar nicht wahr. Vielleicht war die Frau gar nicht so umwerfend, wahnsinnig, attraktiv … Oder noch schlimmer: Sie war gar keine Frau. Ja, vielleicht war sie nur eine Erscheinung gewesen. Ein Sinnbild seiner eigenen Einbildungskraft, entstanden aus dem Zusammensein mit einem charismatischen Verrückten, dem er auf phantastischer Ebene entgegenkommen wollte, der ihn inzwischen aber selbst mit sich zog, hinab in die Niederungen psychopathischer Halluzinationen.

Welche just in diesem Moment um die Straßenecke bogen. Amar blinzelte. Aus dem Dämmerlicht der Straßenlaternen schälten sich die Umrisse zweier vierbeiniger Gestalten heraus. Groß waren sie, kurzhaarig und mit prächtigen Geweihen ausgestattet.

Stolz wirkten die Rentiere. Hoch aufgerichtet und körperlich auf Zack. Mit volkstümlichem Schmuck über den Ohren. Allerdings witterten sie ständig in der kalten Winterluft herum. Irgendetwas schienen sie zu suchen.

Amar kamen die Tränen. Jetzt war es also klar, er phantasierte, hatte Sinnestäuschungen, war dabei abzudrehen. »Verdammt«, murmelte er und rieb sich die Augen. »Geht weg. Haut ab. Ihr lebt in Lappland, nicht hier.«

Aber die Rentierhalluzination gehorchte nicht, sondern kam im Gegenteil näher heran. Einen letzten Vorstoß, dem Wahn zu entkommen, startete Amar, indem er den Kopf schüttelte, auf und ab hüpfte und sich gleichzeitig fest in den eigenen Arm kniff. Aber auch davon verschwanden die beiden Huftiere nicht. Als eine feucht-kalte Nase mitfühlend zart seine Wange stupste, gab Amar auf. Er legte seinen Kopf auf Einars breiten Rücken, während seine Hände beinahe mechanisch dessen Flanke sowie Elvars Hinterkopf streichelten. Endlich konnte Amar aufhören zu denken. Er spürte das weiche, warme Fell der Rentiere und ließ sich in einen himmlischen Trost fallen, der ihm alle Wunder der Welt versprach und im Gegenzug noch jeglichen Zweifel abnahm.

Zumindest ein paar Augenblicke lang. Dann nämlich machten die Rentiere erbärmliche Geräusche. Sie röchelten und schnauften, eines der beiden schien auf dem kalten Boden zusammenzubrechen. Plötzlich lag es mit zurückgeknicktem Kopf da und sah Amar aus hilfesuchenden, wenn nicht verzweifelt geweiteten Augen an. Amar zog sein Telefon aus der Jackentasche und rief die Feuerwehr.

»Diese Gauner.« Gwendolin Mandolin konnte es nicht fassen. Wieder einmal hatte sie statt der beiden dringend gesuchten Personen, von denen einer doch sogar Chef de Correspondance und damit der beste Telepatheur des Universums war, die Rentiere entdeckt.

Die beiden Tiere schienen sich mit den Menschen blendend auszukennen. Anscheinend hatten sie erneut ein zur Fürsorge besonders gut geeignetes Exemplar an der Angel. Beziehungsweise auf dem Rücken und schließlich aufgeregt gestikulierend über sich gebeugt. Allerdings schien dieses Exemplar überreagiert zu haben, denn Gwendolin sah, wie mit rasender Geschwindigkeit, Sirene und Blaulicht die Feuerwehr angefahren und erst knapp vor dem Mensch-Rentier-Haufen zum Stehen kam.

»Sollen wir mitfahren?«, hörte sie Elvar fragen.

Einar antwortete »Bin ich dagegen. Die wirken roh, diese Männer. Dass die sich auf Krankenpflege verstehen, wage ich zu bezweifeln. Und kochen? Können die sicher nicht.«

»Alles klar«, entgegnete Elvar »Hauen wir ab.«

In der nächsten Sekunde beförderte der am Boden liegende Elvar mit einem Fußtritt den besorgt über ihm kauernden Amar zur Seite und schoss wie ein Blitz davon. Einar wedelte mit dem Hinterteil drei eintreffende Feuerwehrmänner aus dem Weg und schloss sich seinem Kumpel an.

Einen Moment lang war Gwendolin hin- und hergerissen. Der ausgewählte Rentierhelfer schien unangenehm getroffen worden zu sein, und auch einer der drei Feuerwehrmänner hielt seinen merkwürdig abgewinkelten Arm leidvoll seinen Kameraden entgegen.

»Aber was soll's«, sprach Gwendolin seufzend zu sich selbst, »jetzt bleib ich dran. Bevor ich wieder stundenlang gar niemanden finde.« Diese pflichtbewusste Entscheidung war es, die sie zwar erneut den Rotweißen Klaus verpassen, dafür aber gewisse, himmlischerseits höchst interessante Zusammenhänge erahnen ließ.

Gut eine halbe Stunde nach Amars erschütterndem Erlebnis mit den Rentieren spazierte der Weihnachtsmann auf demselben Weg in Richtung Obdachlosenheim.

Bei einer überaus wohlschmeckenden Doppelportion Roter Bete hatte Luna ihn noch grundlegend über die menschliche Liebe, deren Rituale und insbesondere Signale aufgeklärt, so dass er das Gefühl hatte, Amar voll und ganz verstanden zu haben. Es war also kein Wunder, dass ein Verliebter seine nähere Umgebung nur noch rudimentär wahrzunehmen imstande war. Es war normal, das Essen zu vergessen und auch den Begleiter, so wohl man ihm auch gesonnen war.

»Die Liebe«, hatte Luna mit einigermaßen wehem Blick verkündet, »die Liebe will aber nicht immer so, wie man sich das vorstellt.« Und als der Weihnachtsmann sie daraufhin erschrocken ansah, hatte Luna noch ein wenig weiter ausgeholt. »Das ist lieb, dass Sie mir einen Mann mitgebracht haben, Herr Weihnachtsmann. Genauso lieb, wie den Ring. Bin ich dankbar dafür, ehrlich. Bloß, Sie haben nicht richtig hingeguckt. Das kann auch für ihn schwierig werden.«

»Luna«, hatte der Weihnachtsmann versucht, zu intervenieren, »der Mann ist nicht von mir.«

Aber Luna hatte sich unbeeindruckt gezeigt: »Ich weiß ja nicht, wer bei Ihnen da oben die Geschenke zusammenstellt, aber in dem Fall … Ach …«, unterbrach sie sich, »sehen Sie besser nach ihm. Ich bin in solch einer Verfassung schon mal mit offenen Augen gegen eine Straßenbahn gerannt.«

Bestürzt über seine eigene Unaufmerksamkeit war der Weihnachtsmann daraufhin sofort aufgebrochen. Unterwegs überlegte er sein weiteres Vorgehen. Er würde heute Abend sehr zartfühlend mit Amar umgehen. Er würde ihn reden lassen, nur zuhören und ihm auch keine Fragen zu Lunas ihm nicht ganz durchsichtigen Erläuterungen stellen. »Armer Amar«, dachte er gerade laut, als eine ihm unangenehm bekannte Gestalt aus dem Dunkel der Straße vor ihm auftauchte. Der Haarlose.

»Guten Abend«, versuchte der Weihnachtsmann sich an ihm vorbeizuschummeln, aber der Haarlose hatte ihn sofort erkannt.

»Weimann, da bist du ja wieder. Woher, wohin?« Der Haarlose schien ihn zu umkreisen.

»Ich … gehe ins Obdachlosenheim. Kommst du heute auch?«

»Obdachlosenheim. Du Saftsack. Hast versagt auf

dem Arbeitsmarkt, was?« Wieder zog der Haarlose einen Bogen um den Weihnachtsmann herum.

»Ist nicht so einfach«, murmelte der Weihnachtsmann und vergaß ganz, dass der Haarlose ja selbst regelmäßiger Gast im Obdachlosenheim zu sein schien.

»Du Arsch«, schimpfte der Haarlose, »hast dich verkleidet. Willst die Leute milde stimmen mit deinem Rauschebart, was? Hast du dir wachsen lassen zur Weihnachtszeit, damit sie mehr spenden, die anderen Arschlöcher.«

Diesmal antwortete der Weihnachtsmann nicht. Er versuchte, sich seitlich aus den kreisenden Bewegungen des Haarlosen herauszustehlen. Das konnte aber nicht gelingen, weil der Haarlose jetzt seinen Bart zwischen die knöchrigen Finger nahm und daran zog. Weiter beschrieb er die Kreise um den Weihnachtsmann, nur dass dieser sich jetzt mitdrehen musste, um die eigene Achse herum.

»Lass los«, bat er, worauf der dürre Haarlose nur ein zynisches Lachen verlauten ließ und weiter im Kreis lief, »lass mich bitte los!«

»Nein, du armseliges Riesenbaby. Dreh dich!«

Niemals zuvor war der Weihnachtsmann in einer solchen Situation gewesen. Niemals zuvor hatte ihn jemand so ohne jeden erkennbaren Grund bedroht. Und bis vor sehr kurzer Zeit, nämlich bis zu seinen jüngsten Erfahrungen in der brutalen Arbeitswelt der Menschen, hatte niemand je auch nur eine Andeutung von Gewalt gegen ihn gemacht.

Der Weihnachtsmann bekam Angst. »Himmel«, flüsterte er.

»Himmel?« Der Haarlose hatte es gehört. »Du treudoofer Naivling. Der Himmel ist mit sich selbst beschäftigt, da kannst du Gift drauf nehmen.« Daraufhin zog er ein Taschenmesser aus der Jackentasche und versuchte, den Bart des Weihnachtsmannes abzuschneiden.

»Hilfe«, sagte der, »Hilfe.«

Und als der Haarlose zu lachen begann, unternahm er einen allerletzten Versuch. »Die Wahrheit«, bekundete er, »ist, dass ich der Weihnachtsmann bin. Ich kann dir was schenken, dann siehst du's.«

»Der Weihnachtsmann?« Im Mund des Haarlosen klang das Wort »Weihnachtsmann« so widerlich und ehrlos, dass dem der Mut gänzlich in die Hosentasche sank. Trotzdem schien es etwas bewirkt zu haben, denn das Zerren am Kinn hörte auf. Der Haarlose blieb stehen und starrte dem Weihnachtsmann offen ins Gesicht. Dann drehte er sich abrupt um und stapfte davon.

Der Weihnachtsmann setzte sich auf die frostige Straße. Er atmete schwer. Ein und aus. Und wünschte, Amar käme vorbei. Der würde ihn in seinen Bus packen und zum Obdachlosenheim fahren, ihm dort fürsorglich einen heißen Tee einflößen und den Reverend bitten, ihn in Zukunft beschützend zu begleiten.

»Amar«, sagte er zaghaft in die Winternacht hinein, »Amar.«

Dieser aber saß bis zum Äußersten verwirrt und mit einem großen Pflaster auf der Stirn in der Küche des Obdachlosenheimes und grübelte vor sich hin.

Zum Grübeln war im Himmel keine Zeit. Dort verfolgte Gwendolin Mandolin mit ihrem Fernglas noch immer die Rentiere, die in den dunklen Straßen herumirrten und auf ihrer Suche nach Essbarem mal in diesen Vorgarten einfielen, mal jenen einsamen Spaziergänger erschreckten.

»Langsam reicht es mir wirklich«, seufzte sie. »Ist ja süß, dass Madame Adèle mir eigens ihre schnuffeligen Windbeutel gebacken hat. Ja, ist nett. Aber ehrlich gesagt, wenn sie mal übernehmen würde hier, das wäre hilfreicher. Sogar Bambino, der anhängliche Schlumpf verweigert die Kommunikation. Ich versteh's einfach nicht. Vielleicht ist es auf der Erde ja doch ganz nett. So nett, dass sich die Herrschaften nicht einmal bemüßigt fühlen, Nachricht von ihrem werten Verbleib zu geben.« Sprach's, verspeiste einen cremesüßen Windbeutel, ruckelte sich auf ihrem Sitz zurecht und nahm das unliebsame Fernglas doch wieder zur Hand.

»Madame Adèle!«, schrie sie. »Langer Hartung, kommt!« Und als die beiden Himmelsgenossen eintrudelten, hatte sie Merkwürdiges zu berichten. »Die Rentiere haben sich unterhalten. Mit einem Mann. Die haben sich verstanden. Der konnte das. Nicht gut, aber radebrechend und …«

»Wie, hat der Rotweiße Klaus die Sprache verlernt?

Wo hast du ihn gefunden?«, fragte der lange Hartung aufgeregt.

»Der war das nicht. Ich bin mir ganz sicher. Das war ein anderer. Das war … Jultomten.« Gwendolin Mandolin war über ihre eigene plötzliche Erkenntnis so erschrocken, dass sie zu zittern begann und sich Madame Adèle an den Busen warf, die dafür jedoch gerade überhaupt keine Verwendung hatte.

»Jultomten?«, fragte sie. »Unser verlorener Jultomten? Gwendolin, zeig, wo ist er, wie sieht er denn aus?« Und endlich nahm sie der erschöpften Gwendolin das Fernglas aus der Hand und starrte selbst auf die Erde.

Nach einer gefühlten halben Ewigkeit, gedankenlahm und mit dem Gesäß auf eiskaltem Asphalt hatte der Weihnachtsmann endlich wieder Kraft genug, sich seine Lage bewusst zu machen. Er kannte doch den Weg ins Obdachlosenheim. Und wartete dennoch darauf, von einem gerade eben in der Liebe traumatisierten Burschen gerettet zu werden, der vielleicht selber dringend auf seine Hilfe angewiesen war.

»Na los, Klaus, komm auf die Beine«, empfahl er sich selbst.

Er raffte sich auf und machte sich auf den Weg. Nicht lange danach saß er mit Amar und dem wiederauferstandenen Reverend am Küchentisch. Diesmal hatte Amar selbst ein kleines Glas mit alkoholischer Flüssigkeit vor sich stehen.

»Mir egal«, hatte er dem besorgten Reverend geantwortet, der schon zweimal auf das absolute Alkoholverbot im Haus und sogar einmal auf Amars muslimisch verwurzelte Enthaltsamkeit hingewiesen hatte, »geh ich halt woandershin.«

Das wiederum hatte die Sorgen des Reverends eher noch verstärkt. »Amar, ohne dich ist dit hier nich auszuhalten. Bitte bleib.«

»Gehst du eben auch woandershin«, nuschelte Amar, bei dem der Schnaps zu wirken begann.

»Watt'n, wohin denn?«, gab der wieder zurück. »In'n Himmel oda wat, wo der Weimann herkommt?«

»Das ist ja auch nicht so einfach, ich hab's doch erzählt, ohne meine Rentiere …«

»Ach, dit kriegn wa schon hin. Vielleicht müssn wa alle zusammen ma rufen. Ja, vielleicht könn‹ wa dann alle drei ma 'ne Prise Höhenluft schnuppan!«

Und bevor der Weihnachtsmann noch etwas einwenden konnte, öffnete der Reverend das kleine Fenster des Obdachlosenheimes und schrie aus voller Kehle in die Nacht hinaus: »Himmel! Himmel! Hier sitzn wa und brauchn Hilfe! Antwortet!«

Und weil Amar einen Schwips hatte und außerdem eine Ablenkung von seinen zehrenden Liebesfragen suchte, gesellte er sich dazu und rief auch.

»Na gut«, dachte der Weihnachtsmann, der nach seinem letzten Erlebnis mit perlenden Getränken im Obdachlosenheim etwas vorsichtiger zugegriffen hatte, »noch ein Versuch. Kann ja nicht schaden.«

So kam es, dass Bambino in seiner inzwischen mit rosa Sternchen beklebten Kabine einen kleinen Männerchor vernahm.

»Ja, hier Bambino«, telepathierte er wie gewohnt umgehend zurück.

»Ich will rauf«, meldete der Weihnachtsmann, »und bringe noch zwei Freunde mit.« Zwei Bambino unbekannte Stimmen untermalten diese Worte auf unverständliche Weise.

»Rotweißer Klaus«, rief Bambino, »dass du dich mal wieder meldest. Das war nicht lieb von dir, mich einfach wegzudrücken letztens. Hat mich ganz schön fertiggemacht, weißt du? Ich bin ja auch nur …«

»Bambino«, unterbrach der Weihnachtsmann, »sag Madame Adèle, sie soll den Transmitter losschicken. Meine Rentiere sind weg, und ich will wirklich gern nach Hause.«

Darüber nun schien sich Bambino prächtig zu amüsieren. »Hihihihi«, lachte er dem Weihnachtsmann ins telepathische Ohr, »hihihi.«

»Bambino, was ist denn los?«

»Den Transmitter schicken, hihi.« Bambino wurde immer lustiger. »Der Transmitter ist unterwegs! Mit mir zusammen! Ich bin drin und komme dich holen, Rotweißer Klaus.«

»Ah!« Der Weihnachtsmann schöpfte Hoffnung.

»Aber erst muss ich noch ein bisschen fliegen. Das ist so schööön, das Fliegen, Rotweißer Klaus, so schön. Ich werde dir eine Vorstellung geben, wenn du bei mir bist. Hör mal, so ungefähr singe ich dazu.« Und durch die Wellen des Alls drangen seltsam kehlbefreite Töne, die an- und abschwollen und dem Weihnachtsmann sehr unbehaglich waren.

»Bambino!«, rief er dagegen an. »Wo bist du denn gerade?«

Aber Bambino hörte nicht auf zu singen. Er war von einer Leidenschaft ergriffen, von deren Existenz er bis dahin nicht einmal eine Ahnung gehabt hatte. Das Gefühl der eigenen Schwerelosigkeit ließ ihn aufblühen. Nachdem er sich eine Weile mit der wild durch die vollgestopfte Kabine flatternden gummiartigen Gesichtsmaske gegen Faltenbildung und der Jagd auf seine frei schwebende Nahrung herumgeschlagen hatte, hatte er den schwerelosen Tanz entdeckt, dem er in seiner Begeisterung den schmachtend auszusprechenden Titel »Bambinesisches Fliegen« angedeihen ließ. Das trainierte Bambino nun bis zur Perfektion. Inmitten seiner diversen frei schwebenden Pflegeartikel drehte und wendete er sich, schob Hüfte und Becken mal hier-, mal dahin, winkelte die Beine in alle erdenklichen Richtungen und fühlte sich geschmeidig wie im Wasserballett ohne Wasser. Dass er verantwortlich dafür war, den Rotweißen Klaus in den Himmel und damit an seinen ordentlichen Arbeitsplatz zurückzuholen, schien ihm in solch einer ekstatischen Situation einfach vollkommen nebensächlich.

So ließ er den Transmitter unbesorgt im Raum herumkreiseln, tanzte und flog und machte sich, wenn überhaupt, höchstens einmal Gedanken über seinen durch flüchtende Nahrung bedrohten Energiehaushalt.

Davon, dass sein scheinbar herumirrendes Raumschiff inzwischen von der internationalen Raumfahrtbehörde als gefährlicher Meteorit eingestuft worden war, hatte Bambino keine Ahnung. Und dass die Pläne, ihn an geeigneter Stelle aus dem Verkehr zu ziehen, nur noch von zwei irdischen Staaten abgesegnet werden mussten, auch davon wusste Bambino in seiner bambinesischen Ekstase nichts.

»War wohl nüscht?« Der Reverend und auch Amar starrten den Weihnachtsmann verwirrt von der Seite an. Hatte der gerade tatsächlich mit jemandem kommuniziert? Waren diese abwesend wirkenden Gesten, diese ins Nichts gerufenen, teilweise unverständlichen Worte an jemanden gerichtet gewesen, der auch noch antworten konnte?

»Jetzt spinnt ma nich alle komplett rum«, bemühte sich der Reverend, wieder ein wenig Realitätssinn in die Runde zu kriegen, »Weimann, du trinkst zu viel. Dit seh sogar ick. Als erfahrne Schnapsdrossel muss ick jetzt mein' Beschützainstinkt in die Hand nehmn und dir leider dit Jlas entziehn.«

Der Weihnachtsmann zuckte nicht mal mit der Wimper, als der Reverend sein Glas in einem Zug leer trank. Ihm wurde immer bewusster, dass sein Aufenthalt auf der Erde wohl noch länger andauern würde und dass der Himmel anscheinend keinen besonderen Wert auf seine obige Anwesenheit zu legen schien. Das wunderte und wurmte ihn auch ein wenig. Jetzt hab ich dreihundert Jahre für die gearbeitet. Und immer alles mitgemacht. Und jetzt schicken die Bambino? Die sind verrückt. Es gibt doch jetzt gar keine Verbindung mehr nach oben.

»Weimann, du jehörst inne Koje«, schaltete sich wieder der Reverend ein, »wolln wa hoffn, det diese Hirnjespinste bald 'n Ende findn.«

»Ich habe die Rentiere getroffen«, Amar sprach ganz leise, »oder vielmehr – sie mich.«

»Wat?« Der Reverend fuhr herum »Jetzt fängt der och noch an.«

»Die Rentiere?« Auch der Weihnachtsmann zuckte zusammen.

Amar zeigte auf das unübersehbar große Pflaster auf seiner Stirn, und mit hilflos geweiteten Augen murmelte er: »Der Beweis.«

»Wat denn fürn Beweis? Amar, du drehst ochn bisschen am Rad, wa? Am besten ihr haltet alle beede mal 'n bisschen Nachtruhe.« Dem Reverend wurde es langsam ungemütlich.

Amar aber musste der Sache jetzt auf den Grund gehen. »Weimann«, flüsterte er aufgeregt, »es gibt dich wirklich?«

»Wie?«, fragte der Weihnachtsmann.

»Ich meine, als Geschenkebringdienst. Mit Rentieren und allem Drum und Dran.«

»Also langsam mach ick mir würklich Sorjen, Amar«, mischte sich der Reverend wieder ein.

»Bitte, Reverend, halt dich mal ein bisschen zurück. Ich muss das jetzt wissen. Der Weimann soll Farbe bekennen.«

»Farbe bekenn'?«

»Reverend, lass gut sein«, endlich schaltete sich der Weihnachtsmann wieder ein, »Amar, alles ist gut. Du bist Amar, und ich bin der Weihnachtsmann. Es gibt mich, weil es mich gibt. Siehst du ja. Hier bin ich.« Und weil das schon zweimal so eine beruhigende Wirkung auf aufgebrachte Zeitgenossen gehabt hatte, fummelte er aus seiner Manteltasche noch ein weiteres, in seiner Verpackung schon recht mitgenommenes Geschenk heraus. »Für dich, Amar«, sagte er.

Und als Amar einen kleinen Anhänger in Form eines Herzens aus der kaputten Schachtel nahm, wurde dem Reverend heiß. Amar aber begann hemmungslos zu weinen. Und der Weihnachtsmann hatte nun alle Hände voll zu tun, den Reverend davon abzuhalten, Amar in die Notaufnahme der psychiatrischen Klinik einweisen zu lassen, und gleichzeitig Amars angebrochenes Herz unter Zuhilfenahme liebevoller Worte und freundschaftlicher Massage zumindest notdürftig wieder zusammenzufügen. Zudem lag es ihm selbst sehr am Herzen, herauszufinden, wo Amar die Rentiere gesehen hatte.

»Amar«, wollte er einen zarten Vorstoß in die richtige Richtung unternehmen, da klingelte es an der Tür.

»Ick mach uff.« Für einen Mann seiner Statur lief der Reverend recht behende zur Tür und öffnete.

In der engen Küche konnte der Weihnachtsmann akustisch verfolgen, wie sich seine irdischen Schwierigkeiten noch weiter vermehrten.

»Na, wie isset?« Plaudernd kam der Reverend mit dem späten Ankömmling den Gang entlang.

»Jetzt halt die Klappe, Rev. Geht dich gar nichts an.« Die Stimme des Haarlosen.

Am liebsten wäre der Weihnachtsmann davongerannt oder hätte sich versteckt. Stattdessen aber blieb er wie angewurzelt sitzen, und als die Küchentür aufging, starrte er direkt in die bösen kleinen Augen, deren gewaltbereitem Besitzer er doch kurz zuvor erst entronnen war.

Verlorene Herzen

Marianne Hensel schritt mit gestelzten Beinen durch ihre Wohnung, was sie stets tat, wenn sie versuchte, radikal nachzudenken. Wobei »schreiten« in diesem Zusammenhang ein großes Wort war, denn ihre Zweizimmerwohnung war recht überschaubar und zudem vollgestopft mit behaglichem Mobiliar und Reiseerinnerungen aller Art.

Die Anzeige hatte groß und unübersehbar im Stadtmagazin geprangt und bei ihr dieses innere Raunen in den Eingeweiden ausgelöst, das sich immer dann einstellte, wenn sich etwas Besonderes anbahnte.

Galaktische Silvesterparty, hatte in dem Blatt gestanden, *Jazzkombo The Sinners, Buffet und nette Leute treffen*.

Seit dem Überfall in der Arbeitsagentur war sie kaum mehr aus dem Haus gegangen und darüber vielleicht ein wenig wunderlich geworden.

Sie hielt vor dem großen Flurspiegel inne und betrachtete prüfend ihr Gesicht. Eine scharfe Falte bahnte sich neuerdings den Weg von ihrem Haaransatz zur Nasenwurzel und verlieh ihr ein strenges

Aussehen, das eigentlich gar nicht zu ihrem früheren Wesen passte. Ja, früher …

Dann hatte da in der Anzeige noch etwas gestanden: *Himmlische Kostümierung erwünscht*. Und Marianne Hensel liebte Verkleidungen! Wenn sie ihre rotblonden Haare in Locken legte und etwas von dem Goldpuder auflegte, würde sie noch einen ganz passablen Engel abgeben. Im milden Abendlicht fiele ihre strenge Stirnfalte vielleicht gar nicht so auf …

Marianne Hensel lächelte. Seit der Begegnung mit dem kulturvollen Herrn in der Arbeitsagentur hatte sie schon dreimal gelächelt. Und das war mehr als in den letzten sechs Monaten zusammen.

Zugleich aber hatte dieser Herr eine innere Schranke bei ihr geöffnet, die ihre Ohnmacht und Angst, aber auch die Wut darüber, dass der Täter einfach so davongekommen war, bisher zurückgehalten hatte, wie ein Staudamm eine unbändige Flut. Ihre Teamleiterin Liese, die gelegentlich auch mal freundlich sein konnte, hatte daraufhin veranlasst, dass sie mindestens bis nach den Feiertagen beurlaubt war. Mit sofortiger Wirkung.

Gut, vielleicht hätte sie sich ein bisschen mehr beherrschen und nicht Lieses Geschenk zu ihrer Wiedereingliederung auf den Boden pfeffern sollen. Eine plumpe schwarze Vase, die Mariannes Laune, wenn sie sie nur ansah, stets betonschwer auf dem Boden festtackerte.

Aber neben Lieses Sorge hatte Marianne eben auch

die Ungeduld darüber gespürt, dass sie nun langsam wieder NORMAL werden sollte. Unkompliziert und fröhlich. So wie früher eben.

Sie sah noch einmal in ihre grauen Augen und beschloss, dass es kein »wie früher« mehr geben würde. Nein, sie würde nicht als Engel zu dieser Silvesterparty gehen.

Sie würde an diesem Abend tanzen, neue Leute kennenlernen und keineswegs mehr so sein wie zuvor. Irgendeine himmlische Figur musste es ja geben, die besser zu ihrem neuerwachsenden Ich passte.

Sie ging zu ihrem Kleiderschrank und öffnete ihn. Was würde sich rasch in ein tolles Kostüm verwandeln lassen?

Ihr Blick fiel auf das rote Kleid, das sie schon lange nicht mehr angehabt hatte und die sehr hohen schwarzen Stiefel, die sie noch nie getragen hatte. Das war es! Wenn sie das Kleid kürzte, mit Applikationen versah und eine schwarze Kurzhaarperücke aufsetzte, dazu lange Kreolen und die hohen Stiefel, dann würde sie einen super Lieutenant Uhura abgeben. Die hatte ihr schon als Mädchen gefallen, aber sie hatte sich nie getraut, sich einmal so zu verkleiden.

Sie nahm das Kleid heraus, griff zur Schere und schnitt es entschlossen ein gutes Stück über dem Knie ab.

Und mit jedem Schnitt, den sie durch den roten Stoff hindurch machte, schien auch ihr altes Ich Stück für Stück von ihr abzufallen.

Zur gewaltigen und nicht minder staunenden Erleichterung des Weihnachtsmannes hatte der Haarlose ihn kaum beachtet, als dieser die Küche des Obdachlosenheimes enterte. Vielmehr hatte er ohne große Umwege die auf dem Tisch stehende halbleere Schnapsflasche angesteuert, sie an seine Lippen gesetzt und in einem kompromisslosen Zug vollständig ausgeleert. Danach saß er noch eine halbe Stunde dumpf brütend mit am Tisch, was die Stimmung der Anwesenden im Übrigen endgültig auf den Nullpunkt absacken ließ, um sich dann grußlos und ohne jede weitere Erklärung ins Schlafgemach zu verabschieden.

Dafür kehrte Amar, der vor einer ganzen Weile zur Besorgnis des Weihnachtsmannes bleiernen Schrittes die Küche verlassen hatte, von draußen zurück und setzte sich etwas gefasster wieder an den Tisch, ohne zu erläutern, was er gerade Wesentliches da draußen gemacht hatte. Vielleicht hat er einfach frische Luft gebraucht, um sich ein wenig zu fangen, dachte der Weihnachtsmann und vergaß den Gedanken auch schon wieder.

Der Reverend war nach dem Abgang des Haarlosen wenig überraschend der Erste, der seine Sprache wiederfand: »Wat war'n dit? Is der Theo jetzte im Schweijeklosta jewesen oder icke?«

Der Weihnachtsmann blickte verdutzt auf, und ihm wurde schlagartig klar, dass er den Reverend überhaupt noch gar nicht zu seinen Erfahrungen auf diesem speziellen und scheinbar sehr furchterregenden Gebiet der Bußübung befragt hatte.

Erneut war er mit seinen eigenen Sorgen und Ängsten beschäftigt und hatte nicht daran gedacht, dass es auch andere gab, die ihre Nöte mit ihren Mitmenschen (oder dem, was sie dafür hielten) teilen wollten.

Schuldbewusst beugte er sich zum Reverend hinüber und fragte mit übersanfter Stimme: »War es sehr schlimm?«

Der Reverend lehnte seinen massiven Oberkörper auf dem Stuhl zurück, spielte ein wenig mit seinem leeren Schnapsglas und antwortete grinsend: »Also ick sitze hier am vorletzten Tag vom Jahr mit eem, der denkt, er wär der Weihnachtsmann, und eem, der krank vor Liebeskumma is. Die beedn Schnapsdrosseln faseln wat von Rentieren, und dann heul'n wa alle zusammn den Mond an, der wundalichaweise keene Antwort jibt. Also vaglichen damit, muss ick schon sajen, neee, schlimm war dit nich.«

Während an Amar auch diese Worte scheinbar wirkungslos vorbeizogen, wollte der Weihnachtsmann sogleich protestieren und dem Reverend klarmachen, dass er aber wirklich, wirklich der ... da besann er sich plötzlich darauf, dass es ja nicht um ihn ging, sondern die Erlebnisse des freundlichen Herrn Reverend gerade auf der Tagesordnung standen.

»Und welche Erfahrungen haben Sie an diesem Ort des Schweigens gemacht?«, fragte er daher in einem schonungsvollen Tonfall, den er als »therapeutisch«

bezeichnet hätte, wenn er gewusst hätte, was ein Therapeut ist.

Der Reverend fuhr mit der Zunge seine untere Kauleiste ab, sah an einen imaginären Punkt an der Decke, fuhr dann mit der Zunge seine obere Kauleiste ab und begann zu erzählen: »Nun, wie ick jleich beim Rinkommn die Haubentaucha da jesehn habe, wollte ick am liebsten zackig rückwärts über de Anstaltsmauer.«

»Haubentaucher?«, echote der Weihnachtsmann verständnislos.

»Na, de Klosterfroileins, die Bräute von dem Jesus halt«, ergänzte der Reverend ungeduldig, was dem Weihnachtsmann aber wenig weiterhalf. »Jedenfalls warn die dann aba Jott sei Dank jar nich zuständig, sondern die Braunkittel von nebenan.«

Der Weihnachtsmann entschloss sich, an dieser Stelle nicht nachzufragen, sondern die Geschichte im Weiteren nur in groben Zügen zu erfassen.

»Und die haben mich dann zum Schweijen mitjenommn.« Er machte eine Pause und ließ die Wirkung seiner Worte nachklingen. »Und nach drei Stunden, un ich sach euch, dit warn wirklich drei lange Stundn, zu den sojenannten Exerzitien einjeladen«, sagte der Reverend mit Kennerstimme und ergänzte mit einem Seitenblick zum Weihnachtsmann: »Dit sin die jeistlichen Übungen.« Er zeigte auf die geleerte Schnapsflasche und griente. »Und dit hat nüscht mit dem Jeist hier zum tun.« Der Reverend stand lachend auf und ging zum Fenster der Obdachlosenküche.

Sogar Amar war nun wieder einigermaßen präsent und hörte ihm mit geweiteten Augen zu. Der Weihnachtsmann bewunderte einmal mehr die großartige Fähigkeit des Reverends, Menschen mit Leben zu erfüllen.

»Und ick sach euch, wenn de mal drei Stundn vom Schweijen weichjekocht bist, dann bringen dit diese Exerzitien abba echt.« Der Reverend drehte sich wieder zu seinen beiden Kollegen um und sah sie eindringlich an: »Und ick hab üba mein Leben nachjedacht. Ne interne Liste jemacht: Wat is jut jelaufen – links, wat beschissen – rechts.« Er zog einen Stuhl an sich heran und setzte sich verkehrt herum darauf. »Und wat soll ick euch sajen: Die rechte Seite war quasi übabevölkert.«

Amar und der Weihnachtsmann nickten verständnisvoll, vervollständigten sie doch insgeheim gerade ihre eigene Jut/beschissen-Liste.

»Und dann?«, fragte der Weihnachtsmann mit dünner Stimme.

»Dann«, sagte der Reverend bedeutsam, »dann hab ick beschlossen, et muss sich wat ändern.«

»Gut!«, rief Amar mit glänzenden Augen und besann sich scheinbar plötzlich wieder auf seine Rolle als unterstützender Bufdi.

»Gut!«, rief auch der Weihnachtsmann und strahlte übers ganze Gesicht.

Der Reverend erhob sich erneut und sah die beiden mit verzweifelter Miene an: »Aba wie und wat?«

Amar und der Weihnachtsmann blickten ratlos zurück. Als nach einer geschlagenen halben Stunde, in der der Reverend dumpf brütend aus dem Fenster starrte, weiterhin nichts als betretenes Schweigen seitens der Tischkollegen folgte, verließ der Reverend schließlich verzagt die Küche des Obdachlosenheims.

Der Weihnachtsmann blickte zu Amar: »Wie und wat?«

Amar, der gerade hilflos mit den Achseln zucken wollte, wurde der Antwort enthoben, denn in diesem Moment stürmte Ilse in die Obdachlosenküche oder vielmehr etwas, was kaum noch Ähnlichkeit mit der Person hatte, die sie früher einmal als Ilse gekannt hatten.

Sie war ganz und gar in einen pinkfarbenen Schneeanzug gekleidet, hatte die Lippen grell geschminkt und tirilierte fröhlich: »Halloooo, meine Süßen. Um nicht zu sagen: Marhaba.« Sie strich dem verdutzten Amar mit weißen Ziegenlederhandschuhen unter dem Kinn entlang und stellte eine große Tüte auf den Tisch. »Schaut mal, was ich mitgebracht habe. Für Silvester.« Sie griff in die Tüte und zauberte mit spitzen Fingern eine Köstlichkeit nach der anderen daraus hervor. »Spanischer Serengeti-Schinken. Norwegischer Lachs. Rokefort oder wie der heißt. Zwei Baguettes, getrüffelte Nudeln. Muss man gar nicht groß kochen«, erinnerte Ilse an ihre noch nicht eingelöste Bußübung und griff erneut in die Tüte. »Echter Champagner. Das Feuerwerkssortiment *Tornado*. Und zum Nachtisch …«, sie hob triumphierend zwei Schachteln in die Höhe, »Trihamisuhu.«

Ilse ließ sich auf einen Stuhl plumpsen, zog einen Taschenspiegel aus ihrer neuen Clutch aus türkis gefärbtem Krokodillederimitat und ärgerte sich dabei über ihr strähniges Haar, das das Gesamtbild etwas störte.

Amar blickte Ilse verdattert an, besann sich dann aber wieder auf seine Sorgfaltspflicht. »Ilse«, begann er lauernd, »wo hast du denn die ganzen Sachen her?«

»Die hab ich gekauft«, gab Ilse zurück und fletschte die Zähne, um nachzusehen, ob sich dort Lippenstiftspuren angesiedelt hatten.

Amar tauschte einen Blick mit dem Weihnachtsmann, der nur ratlos dreinblickte. »Und wo hast du … das Geld dafür bekommen?«

Ilse blickte bockig weiter in den Taschenspiegel: »Das hab ich mir beim Schnorren verdient.«

Amar verengte seine Augen: »Das alles hat doch mindestens 300 Euro gekostet. I-L-S-E, wo hast du das Geld her?«

Ilse klappte den Taschenspiegel zu und blickte Amar trotzig an. »Das ist mein Finderlohn. Ich hab was gefunden.«

Amar lehnte sich zurück: »Und das hast du dann verhökert?«

Ilse öffnete den Reißverschluss ihres Schneeanzugs ein wenig und fächelte sich Luft zu: »Puh, ganz schön warm hier drin.« Sie ließ ihren Blick durch das Zimmer wandern und blieb schließlich an den fragenden Augen des Weihnachtsmanns und dem seltsam ahnenden Gesichtsausdruck Amars hängen.

»Ich hab ja niemand was gestohlen«, rief sie trotzig und verschränkte die Arme. »Es war ein Scheißtag. Keiner hat was gegeben, alle waren sie nur mit ihren Silvestereinkäufen beschäftigt«, sprudelte es auf einmal aus Ilse heraus, »ich war völlig durchgefroren und fast verhungert.« Sie schüttelte sich in unbehaglichem Erinnern. »Und dann bin ich zurück zum Heim gelaufen. Und als ich in den Hof eingebogen bin, sah ich auf einmal mitten im Schnee etwas glitzern.«

Der Weihnachtsmann registrierte beiläufig, dass Amar auf einmal unruhig auf seinem Stuhl hin und her rutschte.

Ilse war nun aber nicht mehr zu bremsen: »EINMAL Glück haben, hab ich gedacht! Und dann habe ich das Kettchen ins Pfandhaus nebenan gebracht und bin shoppen gegangen. Schließlich muss ich meine Strafe ja noch abarbeiten.«

Ihr Lockversuch prallte ungehört an den beiden Tischkollegen ab, also versuchte Ilse es mit nackten Zahlen: »Der hat mir 500 Euro dafür gegeben!!! War ja auch ein schönes Ding, das Herz.«

Ilse strich durch ihre matte Frisur und blickte trotzig zu Amar, der zu ihrer Verwunderung knallrot angelaufen war und auf seine Hände stierte. Aus irgendeinem Grund, den sie sich lieber nicht erklären wollte, war die Stimmung gerade gekippt.

»Ich hab niemandem was weggenommen«, stammelte sie noch einmal hilflos in die Stille.

Der Weihnachtsmann hob begütigend seine Hand, legte sie auf Ilses rissige Finger und sagte: »Ilse, es ist gut.«

Er blickte zu Amar. »Manchmal fliegen die Dinge einfach so durch die Luft. Gerade Herzen sind sehr flatterhaft.«

Amar stöhnte leise auf und sah dankbar zum Weihnachtsmann: » Ich hab es … in einem Blitz…anfall … die Wut …«

Ilse kam jetzt gar nicht mehr mit. Aber von solchen Gefühlsdingen hatte sie sowieso noch nie etwas verstanden. Sie war nur froh, dass keiner sie des Diebstahls bezichtigte oder gar zur Rückgabe der Kostbarkeiten verpflichten wollte.

Um die versöhnliche Stimmung weiter anzufachen, griff sie in ihre Tasche und fischte einen Zettel heraus, den sie bedeutungsvoll entfaltete: »Und nach dem Essen gehen wir da hin. Das ganze Heim! Ihr seid alle eingeladen.«

Auf dem Zettel stand in großen Buchstaben: *Galaktische Silvesterparty* und darunter: *Gasthaus »Zum Himmelreich«*.

Amar warf nur einen kurzen Blick darauf, sprang dann abrupt auf und stürmte wieder aus der Küche. Kurz darauf schlug die Tür des Obdachlosenheims hart zu, und ein Motor wurde in die Nachtstille hinein gestartet.

Ilse glotzte verständnislos zum Weihnachtsmann: »Was zum …?«

Der lächelte nur milde und blickte Ilse aufmunternd an: »Verlorene Herzen«, sagte er, »da kann man nichts machen.« Dann erhob er sich, nickte Ilse noch einmal freundlich zu und zog sich gleichfalls in die Schlafkammer zurück, wo der Haarlose und der Reverend scheinbar einträchtig schnarchten.

Kurz zögerte er beim Anblick des Haarlosen, ob er sich nicht doch lieber zu Ilse in das Frauenzimmer legen sollte. Dann aber beschloss er, keine Furcht zu zeigen, und schwang sich tapfer in die untere freie Koje.

»Jultomten nicht aus den Augen lassen«, hatte die Losung gelautet, als Madame Adèle dem langen Hartung nach ihrem Wachdienst das Fernrohr übergab. Und so stierte jetzt Hartung seit drei Stunden auf die Erde hinunter und verfolgte aufgeregt jeden Schritt des früheren schwedischen Weihnachtsmannes. Vor zwei Jahren war dieser noch ein beleibter und gemütlicher Genosse gewesen, doch nun hatte er ein harsches und zugleich abgekämpftes Aussehen bekommen. Er hätte ihn bestimmt nicht wiedererkannt! Nach seinem Treffen mit den Rentieren war Jultomten in ein Haus hineingegangen und dort von einem großen, gutgelaunten Mann in Empfang genommen worden.

Da Hartung nicht wusste, wie man das Fernrohr auf »Durchleuchten« schaltete, er die Expertin fürs Fernblicken, Gwendolin, aber auf keinen Fall wecken durfte, hatte er mit einem schnellen Schwenk alle Fenster des Hauses abgesucht und Jultomten schließlich in einer Küche mit mehreren Leuten wieder entdeckt. Er saß neben dem Großen, der die Tür geöffnet hatte. Außerdem konnte er den orangeroten Zipfel des Kleidungsstücks und ein Bein eines anderen Mannes ausmachen. Schließlich war Jultomten zu Bett gegangen und ein junger, etwas deprimiert wirkender Mann erschienen. Dann hatte eine schrill gekleidete Frau die Szenerie betreten. Am Ende verließ der junge Mann das Haus fluchtartig, und die Küche leerte sich. Ein Sinn ergab sich daraus für den himmlischen Beobachter nicht.

Der lange Hartung beschloss daher, dass er für heute genug ins Fernrohr gestiert hatte. Noch einmal würde er sich vergewissern, dass Jultomten tief und fest schlief, dann würde auch er sich ein wenig aufs Ohr hauen. Schließlich waren die letzten Tage verdammt anstrengend gewesen, und zu viel Stress schlug ihm auf die Leber.

Tatsächlich hatte Jultomten nach wie vor die Augen fest geschlossen. Und auch die zwei anderen Zimmergenossen schienen zu schlafen. Hartung gähnte und wollte sich gerade abwenden. Da erhaschte er einen ihm sehr bekannten grauen Bartzipfel, der zu einem ihm noch viel bekannteren faltigen Gesicht gehörte.

Potzblitz! Da lagen Jultomten und der Weihnachtsmann einträchtig beisammen! Die Schlawiner hatten sich anscheinend zu einer Art Anti-Himmelfahrtskommando zusammengeschlossen! Donnerlittchen! Hartung schlug augenblicklich die Alarmglocke und war auf einmal wieder hellwach. Was für ein Fang! Na, die Mädels würden staunen, wer ihm da ins Netz gegangen war!

Er schlug noch einmal die Alarmglocke, doch nichts passierte. Schliefen tief und fest, die zwei Grazien. Nun, ein Mann wie er nahm so etwas ohnehin besser selbst in die Hand. Vielleicht konnte er den Ladys schon morgen früh gleich zwei verlorene Schäfchen auf einmal präsentieren. Die würden Augen machen!

Nach dem verwirrenden Abend lag der Weihnachtsmann noch lange wach und grübelte darüber nach, wie er dem armen Amar und dem sinnsuchenden Reverend helfen konnte. Er spürte, dass die Lösung für beide etwas mit ihm zu tun haben musste. Dabei war er sich doch selbst nicht sicher, wo er eigentlich hingehörte.

Ihm fiel plötzlich ein, dass er ganz vergessen hatte, Amar noch einmal nach den Rentieren zu fragen. Nun ja, morgen war auch noch ein Tag. Ein ganz besonderer sogar. Silvester. Das Fest, an dem die Menschen immer die bunten Raketen abfeuerten, die bis in den Himmel hinein aufleuchteten. Er freute sich, dass er doch noch ein bisschen auf der Erde blieb, um diesen Tag mal von unten mitzuerleben.

Und als der Mond schon hoch über dem Dach des Obdachlosenheims stand und die Umrisse der Betten sich dunkel abzeichneten, begann sich so etwas wie eine Vorstellung in seinem Kopf zu entfalten, wie zumindest die Frage des Reverends nach dem »Wie« und »Wat« zu beantworten sein könnte. Er würde ihn vielleicht bald einmal fragen, was er davon hielt.

Dabei bemerkte er nicht, dass der Haarlose sich nur schlafend stellte und ebenfalls Pläne schmiedete, die allerdings in eine ganz andere Richtung wiesen. So schlief der Weihnachtsmann irgendwann in den Morgenstunden ein und träumte von der sonderbar verwandelten Ilse, die ihm schrill lachend auf einer silbernen Platte ein riesiges, frisch gekochtes Rentierherz servierte.

»Bambino, bitte kommen!«, funkte Hartung nun schon zum dritten Mal.

Diesem war es jedoch gerade gelungen, endlich eine neue bambinesische Tanzform zu vollenden, an der er sich seit zwei Stunden versucht hatte. Bei dieser Figur musste er ein Bein nach hinten in die Höhe heben und es mit beiden kopfüber gestreckten Händen umfassen. Nicht ganz einfach in der Schwerelosigkeit. »Die kosmische Kerze« nannte er diese Königin aller bambinesischen Figuren.

Da funkte dieser unangenehme Hartung, der ohnehin keinerlei Verständnis für Ästhetisches mit sich brachte, mitten hinein in den wahr gewordenen Traum von erfüllter Schaffenskraft. Bambino seufzte und brach nach dem dritten Funken widerwillig seine

Figurübung ab, um den Kontakt mit dem Himmelsbanausen aufzunehmen: » Ja, hier Bamb…«

Weiter kam er nicht, denn ein seltsames Singen näherte sich mit rasender Geschwindigkeit, und ehe er sich über den rasch anschwellenden Ton wundern konnte, tat es einen ultragalaktischen Knall, und der Erdtransmitter zerbarst in tausend Teile.

Kurz danach regnete ein erstaunliches Arsenal von teuren Kosmetikpartikeln auf die Erde herab, was von führenden Astronomen unter dem Etikett *Unerklärliche Phänomene, die die Öffentlichkeit nur verwirren würden* eingeordnet wurde und daher für immer im Giftschrank der Weltraumbehörde verschwand.

Bambino wurde in die Atmosphäre geschleudert und kostete dort noch einmal das Wunder der bewegungsfördernden Schwerelosigkeit aus, falls es das Letzte sein sollte, was er jemals empfinden würde. Doch bekam er schließlich die im freien Raum schwebende gummiartige Gesichtsmaske zu fassen, die sich durch sein Gewicht wundersamerweise wie ein Fallschirm aufblähte und den glücklos Glücklichen sanft zur Erde hinabtrug, wo er im Wipfel einer prächtigen, 23 Meter hohen Nordmanntanne zu landen kam.

Reste retten

Da saß er nun, der frischgebackene Tanzvirtuose. Der Grundbedingungen seiner visionären Kunst beraubt und hineingeworfen in die schnöden physikalischen Gesetze der Schwerkraft. Dass sich diese Gesetze nun gleich dermaßen gegen ihn wendeten, erschien Bambino ungerecht. Sein massiger und doch so zartbesaiteter Körper ließ die Baumkrone, die ihn so zuvorkommend aufgenommen hatte, schwanken. Bambino spürte, dass er etwas unternehmen musste. Lange würde dieser Wipfel nicht mehr aushalten und die Vorstellung, mit ihm gemeinsam in die Tiefe zu krachen, gefiel Bambino ganz und gar nicht. Vorsichtig begutachtete er die zum Fallschirm mutierte Gesichtsmaske in seiner Hand, musste aber feststellen, dass sich ein meterlanger Riss hindurchzog. Die Tanne ist schuld, dachte er. Angestrengt versuchte er, einen Gedanken zu fassen, der ihm weiterhelfen konnte. Aber da logisches Denken absolut nicht Bambinos Stärke war, machten sich Vorschläge in seinem Kopf breit, die der Situation keinesfalls gerecht wurden. Vielleicht könnte ein Adler mich herausziehen. Der müsste mit seinem Schnabel aber ganz schön aufpassen. Nicht, dass der mir noch die Hose zerreißt. Dann könnte jeder meinen weißen Po sehen. Und dann würden sich so viele Leute in mich verlieben, und ich wäre ein Star, und die würden kreischen, wenn ich komme, und ich bräuchte immer Bodyguards, und im Hotel bekäme ich die schönste Suite. Das wär doch was. Dann würde ich denen auch das Bambinesische Tanzen zeigen. Dann … Bambino träumte. Der Baum wankte. Ein Wind wehte. Und über kurz oder lang gab die große Nordmanntanne auf. Sie trennte sich von ihrem Wipfel, um den Rest zu retten.

Im Männerschlafraum des Obdachlosenheimes lag der Haarlose unter einer fadenscheinigen Bettdecke und sann seinerseits darüber nach, wie er den Rest retten könne. Der »Rest«, über den er nachdachte, war sehr persönlicher Natur, genauer gesagt, war dieser Rest sogar ganz und gar er selbst. Jultomten. Vor über zwei Jahren ausgebrannt und in vager Hoffnung auf ein besseres Leben auf der Erde zurückgeblieben. Während seiner letzten weihnachtlichen Arbeitszeit hatte er mehrere äußerst unerfreuliche Erlebnisse hinnehmen müssen. Zusätzlich zu der Überforderung, die das extrem gestiegene Geschenkepensum mit sich gebracht hatte, war er mehrmals von unter Fünfjährigen beschimpft oder gar geleugnet worden.

Die Kollision mit einem rot-weißen Bus, aus dem zwei knapp bekleidete Mädchen mit Weihnachtsmannmützen den vorbeieilenden Menschen Getränkedosen zuwarfen, hatte ihm damals endgültig den Rest gegeben. Seine beiden Rentiere, Birk und Glombusch, hatten bei dem Unfall beide Verletzungen davongetragen, und der Haarlose, der damals noch jede Menge Haare vorweisen konnte, hatte sich gezwungen gesehen, sie noch auf der Erde in tierärztliche Behandlung zu geben.

Selbst vollkommen erledigt hatte er nach einer Weile den Kontakt zu ihnen verloren, und enttäuscht über ihren langjährigen Freund und Fahrer waren die beiden nach ihrer Genesung wohl ohne ihn wieder in den Himmel gefahren. Vermutlich tummelten sich Birk und Glombusch dort oben nun, von jeder weihnachtlichen Verpflichtung entbunden, auf den satten Wolkenweiden herum. Er hingegen musste sich nach anfänglich vielversprechenden, schließlich aber umso erbärmlicheren Erlebnissen mit sogenannten Mitmenschen hier unten durch ein lausiges Leben schlagen.

»Die haben doch alle keine Ahnung da oben.« Der Haarlose erschrak. Er hatte laut mit sich selbst gesprochen. Schließlich war er nicht allein. In ihren Kojen schnauften der Dicke mit dem hirnlos-angeberischen Pseudonym »Reverend« und – der Weihnachtsmann. Ja, er war es. Daran gab es nichts mehr zu rütteln. Schon merkwürdig, dass er ihn vorher überhaupt nicht erkannt hatte.

So weit hab ich mich entfernt, konstatierte der Haarlose in Gedanken, Jultomten gibt es nicht mehr.

Ich bin ein Mensch geworden. Allerdings ein verdammt armseliger. Während der Haarlose weiter über seinen unwürdigen Zustand sinnierte, atmeten die anderen beiden Männer in ihren Betten gleichmäßig und schliefen den Schlaf der Gerechten. Aber Theo, ermutigte sich der Haarlose, die Umstände haben sich geändert. Da gibt es doch neue Möglichkeiten. Und je länger er grübelte, je weniger er dem Selbstmitleid gestattete reinzureden, desto leichter wurde ihm.

Ich gehe zurück, überkam ihn eine plötzliche Eingebung, ich nehme die Kollegenrentiere.

Zu Beginn seiner Erdenzeit war der Haarlose, noch ganz unvoreingenommen und gutgläubig, in die Fänge eines skrupellosen Kriminellen geraten, mit dem er eine ganze Weile gar nicht unbequem zusammenarbeitete. Schamhaft hatte er damals jeden Telephatieversuch Bambinos abgelehnt. Und als er schließlich längere Zeit später und in sehr ungesundem Zustand doch noch einmal versucht hatte, mit dem Himmel in Kontakt zu treten, reagierte dieser aus ihm unerklärlichen Gründen überhaupt nicht. Tief enttäuscht und seelisch mitgenommen fand er sich daraufhin wohl oder übel damit ab, für immer auf der Erde zu bleiben. Von seinem ehemaligen Mentor hatte er eine ganze Menge über das Wesen der Menschen gelernt, wobei damals eindeutig die lebensverachtenden Aspekte im Vordergrund standen. Fleißig hatte er die Sitten und Gebräuche der Menschen weiter studiert, war dabei aber niemals über die schon antrainierte üble Weltsicht hinausgekommen.

Dass er einmal ein Mann des Himmels gewesen war, das kam ihm selbst unglaublich und letztendlich sogar verachtenswert vor. Den Triefnasen da oben kann ich ja alles erzählen, dachte er. Immer noch im Bett liegend schmiedete er weiter an seinem Plan. »Ich fang einfach wieder in meinem alten Job an. Klar, Jultomten nach langer Krankheit wieder im Amt. Falls sie keinen Nachfolger für mich eingestellt haben, und das haben diese Schlümpfe bestimmt nicht auf die Reihe gekriegt, werden sie froh sein, dass ich wieder da bin. Und nach weiteren fünf Gehirnwindungen, durch die seine Gedanken schlingerten, war der Plan des Haarlosen komplett. Eigentlich wollte er doch gar nicht mehr arbeiten. Und schon gar nicht als Jultomten. Dieser abgebrühten, egoistischen und verkommenen Menschenmasse Geschenke bringen? Nein, dafür kannte er sie inzwischen zu gut. Aber da er nicht davon ausgehen konnte, als arbeitsverweigernder ehemaliger Jultomten im Himmel in Ruhe gelassen zu werden, musste er sich das anders organisieren. Er würde den Naivlingen dort oben ein wenig Brei ums Maul schmieren, ein relativ angenehmes Jahr im Himmelreich verbringen und zur nächsten Weihnachtszeit ganz gewöhnlich und wie früher mit einem Rentierschlitten und massenhaft Geschenken auf die Erde hinabfahren. Dort angekommen würde er sich die gesamten Geschenke einfach selbst unter den Nagel reißen, sich für deren Geldwert eine Villa im Grünen kaufen sowie ein materiell unbesorgtes Leben führen.

Ja. Das ging auf. Er musste nur die Rentiere finden.

Finden und anschließend überzeugen, ihn mit hochzunehmen statt ihres verlorenen Herrn Weimanns. Aber das konnte ja nicht so schwer sein. Die beiden waren Himmelswesen, also per se dumm, naiv und leicht zu überzeugen. Vorsichtig richtete sich der Haarlose im Bett auf. Die beiden Schläfer schienen sich nicht stören zu lassen, und mit einem siegessicheren Blick auf den Weihnachtsmann schlich der Haarlose aus dem Zimmer.

Als der Weihnachtsmann am kommenden Morgen erwachte, war er sehr froh, die ungeliebte Gestalt des Haarlosen nicht mehr in seiner Nähe zu haben. Gemeinsam mit dem Reverend und Ilse verbrachte er einen herrlich unbeschwerten Vormittag in der Küche des Obdachlosenheimes. Der Reverend war ein bisschen stiller als gewöhnlich, schien aber ansonsten entschlossen zu sein, die Frage nach dem »Wie und Wat« für's Erste auf sich beruhen zu lassen.

Und als gegen Mittag Amar mit dem Bus auf den Hof getuckert kam, bat ihn der Weihnachtsmann, noch einmal gemeinsam mit ihm zum blauen Haus zu fahren, um dem Schlitten, welcher noch immer ungeschützt und ungenutzt am Schuppen der dicken Dame stand, einen besseren Standort angedeihen zu lassen.

»Der kann doch hier in die große Garage«, bot Amar bereitwillig an, »da kann ihm nichts passieren, bis sich Ihre Rentiere wieder gefangen haben«.

»Ja«, seufzte der Weihnachtsmann, den infolge

Amars Erzählungen leise Zweifel an der Loyalität seiner Rentiere beschlichen hatten.

Nach geglücktem, da von der Tierschützerin unbehelligtem Abholmanöver sah er schließlich dankbar zu, wie Amar das große Garagentor hinter seinem Gefährt schloss.

»Was war das denn?« Ilse, rotwangig und eifrig mit dem Auftischen ihrer am Vortag erbeuteten Köstlichkeiten beschäftigt, hielt inne und schaute den beiden eintretenden Männern neugierig entgegen.

Und als der Weihnachtsmann mit einem »Ach, nur mein alter Schlitten, ich …, hm, Ilse, das sieht ja gut aus hier« ablenken wollte, um sich nicht ein weiteres Mal mit spöttisch-ungläubigen Fragen zu seiner eigentlichen Identität herumschlagen zu müssen, fiel der Reverend mit ein:

»Weimann, dit kann ja wohl nicht wahr sein! Dein Schlitten! Du bist nich nur irre, du bist ein Perfektionist! Ein perfektionistischer Irrer. Dit sin die Schlimmsten. Aba bei dir wirkt sich dit ja janz sympathisch aus.«

Amar klopfte dem Weihnachtsmann zärtlich von hinten auf die Schulter.

Ilse wandte sich wieder dem Anrichten der Speisen zu. Aber die Anwesenheit des Schlittens in der Obdachlosengarage hatte ihre Stimmungswallungen, die ihr selbst seit Jahren nicht mehr untergekommen waren und in denen sie daher vollkommen ungeübt war, noch weiter aufgeputscht. Während Ilse Serengeti-Schinken und Gürkchen auf große Teller drapierte, drangen aus ihrer Kehle immer wieder glucksende Laute, deren Inhalt für die anderen nur ansatzweise zu verstehen war. »Yes, machen wir!«, rief sie, »Diesmal nicht, Depri!« oder »Heute Party!«.

Und als Ilse schließlich voller Inbrunst zu Tisch bat, hatte ihre glänzende Laune auch die letzte Missstimmung vertrieben.

»Nur jut, dass der Theo nicht da ist«, schmatzte der Reverend, »der hätte den janzen Eierkuchen hier nich ausjehalten.«

»Ja«, stimmte der Weihnachtsmann zu. Aus den Augenwinkeln sah er Amar lächeln. So ist es, wenn's schön ist, dachte er bei sich.

Nach dem Essen öffnete Amar die Kleiderkammer des Obdachlosenheimes, und Ilse suchte für alle Kostüme aus. Immer noch waren alle so unbeschwert und lustig wie lange nicht.

»Himmlisch soll's aussehen!«, trällerte Ilse und legte Amar einen durchbrochenen weißen Tüllrock über die Schulter. »Wie ein Engel, wie ein Engel!«

Dann griff sie zu einem derben und schon etwas kaputten Schafspelzmantel und reichte diesen dem Reverend.

»Wir anderen gehen als Wolken!«, rief sie. »Alle drei! Und wir fahren mit der Wolkenkutsche!«

»Wolkenkutsche?«, fragte der Weihnachtsmann ein wenig besorgt.

»Ja, mit deinem Schlitten!« Und von der raumbeherrschenden Heiterkeit längst angesteckt und hingerissen, sah der Weihnachtsmann eigentlich keinen Grund, der dagegen sprach. Auch gegen eine kleine, hübsch anzusehende Wolkenkostümierung über dem Mantel hatte er nichts einzuwenden.

Und so machte sich kurze Zeit später ein von zwei gutgelaunten Wolken gezogener und mit einer weiteren fröhlichen Wolke sowie einem etwas unsicher dreinblickenden Engel besetzter Schlitten auf den Weg zum Gasthaus »Zum Himmelreich«.

»Bambino, Bambino!« Der lange Hartung quengelte wie ein krankes Kind.

Wie konnte er denn jetzt noch irgendetwas retten? Die beiden Himmelsdamen hatten recht. Er war ein Versager. Er hatte alle verloren, Gwendolins Arbeit von Tagen zunichtegemacht. Nicht nur Jultomten war wieder weg, sondern auch der Weihnachtsmann. Der, den er ganz alleine gefunden hatte. Und dabei hatte er sich vorher immer so aufgespielt, das musste er nun zugeben. Schlimm so was. Und Bambino? Der musste, den Bruchstücken ihrer telepathischen Unterhaltung zufolge, irgendwo da unten unter einer Tanne liegen und fürchterlich-irdische Schmerzen leiden. Was konnte er tun? Der Erdtransmitter war weg. Er konnte nur gucken. Durchs Fernglas, und das hatte ihm Gwendolin mit einem wütenden »Gib schon her!« aus der Hand gezerrt. Sie wollte jetzt zuerst einmal Bambino und seine Tanne suchen. Da unten gab es ja Tausende von Tannen, Millionen, Milliarden.

»Wenigstens die groben Koordinaten hättest du abfragen können«, blaffte Gwendolin den langen Hartung an.

Reuevoll und himmlischer Verzweiflung nahe bemühte sich der lange Hartung, wieder telepathischen Kontakt zu Bambino aufzubauen. Aber der zarte Riese war einfach nicht zu erreichen.

Tatsächlich lag Bambino unter besagter abgebrochener Tanne und hatte Schmerzen. Da dieses Phänomen im Himmel völlig unbekannt war, hatte Bambino schwer damit zu tun, das unangenehme Gefühl erst einmal einzuordnen.

»Mein Po!«, sagte er immer und immer wieder vor sich hin. »Mein Po!«

Zwischendurch ließ er ein paar Tränen freien Lauf, heulte kurz auf, seufzte dann laut und begann die Zeremonie wieder von vorn.

Bis ein Hund kam. Ein ausgebildeter Such- und Spürhund auf seinem täglichen Übungsspaziergang im Wald. Sein Training war darauf ausgerichtet, verirrte und verunglückte Wanderer und Spaziergänger aufzuspüren, deren Aufenthaltsort durch lautes Bellen zu markieren und sie dem nachfolgenden, ausgebildeten Spürmenschen zu präsentieren, welcher daraufhin je nach Bedarf den Notarzt oder das nächstgelegene Seniorenheim verständigte.

Dieser Hund, der jetzt auf Bambino zugeeilt kam, ein gepflegter Rhodesian Ridgeback mit vor Aufregung schäumenden Lefzen, war ungeheuer eifrig. Mit stolzer Leidenschaft stets und ständig bei der Sache hatte er Bambinos Angstschweiß gewittert und war, sofort beruflich involviert, den Übungsspielen seines Herrchens entfleucht. Hier gab es endlich einmal wieder ein echtes Opfer! Suchauftrag oder nicht, hier war sein Einsatz gefragt, hier ging es ums Ganze. Der Hund scharrte mit den Füßen vor Bambino in der Erde, bellte mit einer ebenso unerbittlichen Lautstärke wie Geschwindigkeit, sprang immer wieder hoch, um sich nach seinem Menschen umzusehen, schnüffelte an Bambinos Füßen herum und umkreiste den Verunglückten mehrere Male. Bambino kannte keine Hunde. Außer Lottchen, einem winzigen geflügelten Hündchen, das die Engelsabteilung immer mit sich herumführte, gab es diese Wesen oben nicht. Aber Lottchen bellte nicht. Lottchen schleuderte auch keinen Speichel in der Gegend herum, wenn sie nervös war. Lottchen war Lottchen, und dieser Hund war ein Hund. Und der war Bambino eindeutig unheimlich. Ohne weiter auf seinen angeschlagenen Zustand zu achten, zog Bambino sich am immer noch in nächster Nachbarschaft stehenden Stamm der Nordmanntanne hoch und floh.

Empört über diese Ungehörigkeit des gerade frisch aufgespürten Verletzten nahm der Hund die Verfolgung auf, wobei er bellend und schwanzwedelnd um sein Fundstück herumsprang.

Bambino wurde heiß und kalt zugleich. »Ich heiße Bambino«, versuchte er sich in einer der vielen Menschensprachen, die er auf dem großen Plakat im Himmelsbüro gelesen hatte, »je m'appelle Bambino« und »huin Bambino ping tsjela«.

So kamen sie räumlich gesehen langsam voran. Verständigungstechnisch aber überhaupt nicht. Bis Bambino sich in einsetzender Verzweiflung auf seine ureigenste Stärke besann und – telepathierte.

Schlagartig hörte der Hund auf zu bellen, setzte sich auf sein Hinterteil, zwinkerte mit Augen und Ohren gleichzeitig und stieg in eine gepflegte Unterhaltung ein.

Nach kurzer, für gewöhnliche Menschenohren mucksmäuschenstill erscheinender Zeit, klaubte der Hund, der seinen Namen »Winnetou« gern preisgegeben hatte, eine gute Handvoll weichen Mooses vom kalten Waldboden und zupfte vorsichtig einen winzigen, halbgefrorenen braunschwarzen Pilz ab. Anschließend kaute er beides gut durch und legte es mit vorsichtigen Bewegungen seines Hundemaules auf Bambinos nun entblößten Allerwertesten. Bambino hielt still. Eine Weile spürte er in sich hinein und schob dann den moosigen Brei von seinem Hintern. Erfrischt und schmerzfrei dankte er Winnetou aufs Herzlichste und legte seine seidige Wange an die des Hundes.

In knapper Entfernung waren nun die Rufe des Spürmenschen zu hören, der seinen eifrigen und geliebten Mitarbeiter suchte. Winnetou und Bambino sahen sich an.

»Wir sind Freunde«, telepathierten sie beinahe gleichzeitig. Und in stiller Einigkeit beschlossen die beiden, abzuwarten, den, – nun ja, nicht unsympathischen – Spürmenschen ziehen zu lassen und ab sofort gemeinsam ihrer Wege zu gehen.

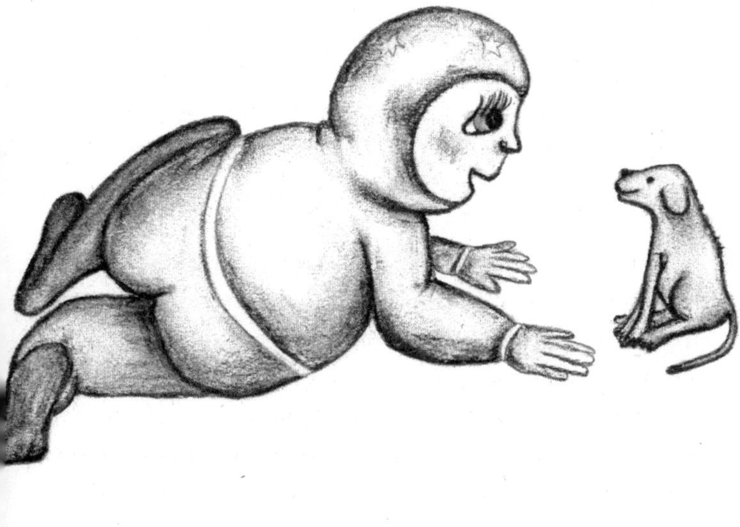

Auch die Rentiere teilten ab sofort die Wege mit einem zweibeinigen Lebewesen.

Der Haarlose hatte sie in äußerst mühevoller Verhandlungsarbeit überzeugen können, mit ihm zu kommen. Nachdem er zunächst davon ausgegangen war, sie mit der simplen Versprechung eines Himbeerbonbons ködern zu können, musste er im Laufe ihres gegenseitigen Kennenlernens immer mehr über die ausgekochte Geschäftstüchtigkeit dieser beiden Himmelstiere staunen. Wie lange waren die zwei jetzt allein auf der Erde? Gerade mal drei Tage! Insgeheim zog der Haarlose den Hut vor so viel Cleverness und schneller Auffassungsgabe. Sein Bild vom Himmel war allerdings etwas durcheinandergeraten. Vielleicht waren dort oben doch nicht alle so naiv wie er selbst vor gut zwei Jahren. Während seiner zähen Verhandlungen mit Einar und Elvar, die sich über den ganzen Vormittag hinzogen, hatte der haarlose Jultomten keine andere Möglichkeit gesehen, als die beiden Wucherer in seine Pläne einzuweihen und ihnen lebenslange Luxusversorgung auf der Erde zuzusichern. Wobei »lebenslang« bei Himmelstieren praktisch »unendlich« bedeutete.

Schockiert über seine eigene Unterlegenheit in irdischer Härte und Halsabschneiderei folgte der haarlose Jultomten den Rentieren.

Um ein großes Einkaufszentrum herum führte der Weg etwa tausend Meter an einer Ausfallstraße entlang und schließlich an einer großen Eiche abbiegend zu einem verfallenen Schuppen. Als dort kein Schlitten stand, war Jultomten sofort von einer bösen Finte der beiden Hufträger überzeugt.

Im folgenden Wortgefecht mit den beiden tierischen Halunken wurde ihm klar, dass es für ihn keinerlei Zurück mehr gab. Diese beiden Tiere kannten seine geheimsten Absichten. Wollte er je im Himmel wieder Fuß fassen, oder – mit unfreiwilliger himmlischer Hilfe – auch auf Erden, war er nun auf ihr Schweigen angewiesen. Und das zu erkaufen, schien immer teurer zu werden.

Die Tür des blauen Hauses öffnete sich. Eine dicke Dame im rosa Wallegewand sowie mit einem Verband am Kopf trat heraus und begann zu keifen. »Da sind Sie ja wieder, Sie Lump! Meine Einrichtung können Sie mir bezahlen. Ich hoffe nur für Sie, dass Sie gut versichert sind. Die Anzeige läuft. Tierquälerei, Hausfriedensbruch, Vandalismus und gefährliche Körperverletzung. Da können Sie sich warm anziehen. Wundert mich, dass Sie überhaupt noch auf freiem Fuß sind …«

»Was?«, unterbrach der Haarlose verwirrt.

Aber die Rentiere zwinkerten ihm beinahe freundschaftlich zu und deuteten mit dem Kopf in Richtung Stadt.

»Wiedersehen«, murmelte er noch, und als die dicke Dame erneut zu reden ansetzte, trabte er schon im Dauerlauf neben seinen beiden neuen Kameraden her. Immerhin wollen sie mich nicht loswerden, dachte er erleichtert, mein Plan bringt ihnen ja auch was ein. Und er funktioniert nicht ohne mich. Puh, atmete er aus und begann sogleich darüber nachzusinnen, ob es später nicht doch noch eine Möglichkeit geben würde, die beiden Schmarotzer wieder loszuwerden. Aber jetzt musste er erst mal mit den nächsten Schritten weiterkommen.

»He, Einar und Elvar«, rief er prustend, »habt Ihr nicht so einen Riecher? Birk und Glombusch wussten eigentlich immer, wo unser Schlitten stand.«

Und für Jultomten völlig unerwartet blieben die Rentiere abrupt stehen, hoben ihre weichen Nasen und witterten mit Leichtigkeit den momentanen Aufenthaltsort ihres vertrauten Zuggefährts. Gar nicht lange, und die drei Komplizen sahen den von vier mehr oder weniger weiß umhüllten, wolkigen Gestalten bevölkerten Schlitten praktisch auf sich zukommen.

»Deckung!«, schrie der haarlose Jultomten auf Menschisch, was die raffinierten Rentiere aber sofort verstanden.

Gemeinsam verbargen sich die drei hinter einer benachbarten Hausecke. Von dort konnten sie beobachten, wie die vier anscheinend prächtig Gelaunten den Schlitten mit vereinten Kräften an den Straßenrand schoben. Einer der vier, offensichtlich der Jüngste und gleichzeitig Pflichtbewussteste, leierte noch einen Parkschein aus dem nahen Automaten, wusste dann aber nicht wohin damit und steckte ihn sich in die Hosentasche unter seinem weißen Umhang. Dann legte der Mann lachend seinen Arm um die Schulter seines wollweiß bemäntelten Kumpels, und alle zusammen enterten die Türe des gegenüberliegenden Hauses. *Gasthaus »Zum Himmelreich«* stand daran.

»Es sind alle hier«, teilte der Haarlose den Rentieren mit, »nicht nur euer Klaus. Und das bedeutet, dass wir sehr, sehr vorsichtig sein müssen.«

Als der Reverend die Tür zum Gasthaus öffnete und gemeinsam mit Ilse und dem Weihnachtsmann frohen Mutes hineinspazierte, fiel Amars Herz mit einem zarten Plumps in die Hosentasche zurück. Dort hämmerte es allerdings mindestens im flotten Sechsachteltakt. Wie konnte ich einfach so hierherkommen?, fragte sich Amar. Ich sehe aus wie … – ein gardinenbehängter Obdachlosenengel. Nicht mal rasiert bin ich. Ich … wie sie wohl aussieht?

»Luna«, zerschmolz ihm der Name wieder im Mund, »will mich nicht, aber …« So schlingerten Amars Gefühle. Und hin- und hergerissen zwischen einem gesegneten Wegrennen und einem womöglich doch viel segensreicheren Hinein stand er und hielt sich am Griff der offen stehenden Gasthaustüre fest.

»AAHH!« Wie eine Erscheinung stand plötzlich Luna neben ihm. Die Augen unter ihrem blauen Haar blitzten wütend. Sie tat einen kurzen, aber kräftigen Schrei und sog dann gierig und in tiefen Zügen die kalte Winterluft in sich hinein. Erst dann schien sie sich wieder gefangen zu haben.

Sie wandte sich an Amar. »'schuldigung. Das musste einfach sein.«

»Ja.« Amar zitterte. Was sollte er sagen? Da stand sie direkt neben ihm, seine Angebetete, sein Schwarm, urplötzlich in sein Leben getreten und dort für eine Verwirrung sorgend, deren Ausmaße er kaum einzuschätzen wusste.

»Was ja?«, fragte Luna, noch immer mit einem verärgerten Unterton in der Stimme. »Ja, halt …«, versuchte Amar sich zu sortieren, aber als ihm das nicht gelingen wollte und sich Luna schon wieder zum Gehen wandte, schrie Amar auch: »AAAHHH!!« So verschafften sich seine gesammelte Unsicherheit, seine Verliebtheit und auch seine Enttäuschung freie Bahn.

»Wow«, Luna sah ihn von der Seite an, »das klang überzeugend.«

Amar seufzte.

»Du bist meinetwegen hier, oder?«, fragte Luna plötzlich ganz ruhig.

»Ja«, antwortete Amar. Eine winzige Sekunde schwiegen beide.

»Dummerweise muss ich wieder rein. Der Chef hier dreht durch. Ich hab dem 'ne Band organisiert, und jetzt kommen die Typen einfach nicht. Keine Ahnung, was wir tun sollen. Jedenfalls, der macht mich fertig.«

»Luna …«, sagte Amar, »könnten wir …?«

Luna blickte Amar an. »Weißt du, es geht mir ganz ähnlich«, erklärte sie, entnahm ihrer Gürteltasche ein

Foto und zeigte es Amar. Eine blondgelockte, wunderhübsche Frau von Welt, mit Damenbart und straffem Blick.

Amar zuckte unwillkürlich zusammen, fasste sich aber gleich wieder und bemühte sich zu lächeln. »Deine … Angebetete?«, fragte er.

Vorsichtig, wie um die Tiefe ihrer Verliebtheit einen Bogen schlagend, nickte Luna mit dem Kopf.

»Okay«, sagte er, »hast du was dagegen, wenn ich noch mal schreie?«

»Nein.« Und gemeinsam schrien die beiden Monde ihren Liebeskummer in die anbrechende Nacht hinaus.

»Jetzt sind wir frei für Neues«, sagte Luna, hakte Amar, der sich zwar viel besser, aber noch nicht im Geringsten »frei für Neues« fühlte, unter, und gemeinsam betraten die beiden das Gasthaus.

Sofort schoss der aufgeregte Wirt auf Luna zu: »Haben Sie eine Idee?«

Luna schob den Wirt zur Seite. »Moment«, sagte sie, »jetzt kümmern wir uns erst mal um die Gäste. Schließlich bin ich als Kellnerin verantwortlich für ihr Wohlergehen.« Sprach's und schritt auf den Tisch zu, an dem der kostümierte Weihnachtsmann mit seinen Freunden Platz genommen hatte.

Während der Wirt noch immer hektisch zwischen Tresen und Gastraum hin- und herrannte und dabei auf die Unzuverlässigkeit der Bandmitglieder wie auch auf die Unzuverlässigkeit im Allgemeinen schimpfte, nahm Luna die Bestellungen auf, goss Getränke in Gläser, servierte, legte eine CD in den Rekorder ein und begrüßte die neu hinzukommenden Gäste.

Mit der Zeit verwandelte sich das Lokal. Sonnenbebrillte und in grüne Stretchanzüge gepresste Menschen mit selbstgebastelten Masken, glitzernd aufgehübschte, langohrige Enterprisehelden, zart geflügelte Engel in Strumpfhosen und diverse Sonnen, Monde und Sterne erzeugten allein durch ihre erwartungsvolle Anwesenheit eine vibrierende, überirdische Atmosphäre. Da Luna, immer noch auf sich allein gestellt, in diesem galaktischen Getümmel die Übersicht zu verlieren drohte, bot Amar ihr seine Hilfe an. Dankbar nahm Luna an, und so schmissen die beiden bald gemeinsam den Laden.

Die Stimmung stieg, der Wirt beruhigte sich langsam wieder, der Weihnachtsmann entdeckte »Heiße Milch mit Honig« für sich, und der Reverend und die nach wie vor aufgedrehte Ilse freundeten sich mit zwei lustigen Vierzigjährigen vom Nebentisch an.

»Singen wir nachher eben selbst«, warf Luna Amar grinsend zu, als sich die beiden wieder einmal beim Cocktailmixen hinter der Theke trafen.

»Ja, genau«, gab Amar zurück, »singen kann jeder. Das hat schon meine Musiklehrerin in der Grundschule immer behauptet.«

»Alles eine Frage der Stimmung«, lachte Luna, »und der heizen wir jetzt ordentlich ein.« Dann begannen die beiden Monde kichernd, im Rhythmus der Musik zu schütteln, die Cocktails und sich selbst.

Draußen hatten Einar, Elvar und der haarlose Jultomten sich aus der Dunkelheit gewagt. Ungünstigerweise stand der Schlitten direkt vor dem großen Fenster des Gastraumes. Selbst in gebückter Haltung konnten sie jederzeit von drinnen gesehen werden.

»Wir müssen sehr vorsichtig vorgehen«, erklärte der Haarlose noch einmal.

Einar und Elvar warfen ihm einen abschätzigen Blick zu, schlichen sich dann aber, den Haarlosen in der Mitte, langsam, bedächtig Fuß vor Fuß und Huf vor Huf setzend von der Seite an ihr Objekt der Begierde heran.

Raketenmenschen

Vielleicht ist das Kleid doch etwas kurz geworden, dachte Marianne Hensel, als sie mit Bestimmungsort »Galaktische Silvesterparty« bibbernd durch die Enddezemberkälte tippelte und sich dabei bemühte, auf ihren ungewohnt hohen Stiefeln nicht umzuknicken. In ihre Zweifel über die richtige Rocklänge bei derartigen Minustemperaturen mischte sich jedoch der Stolz darüber, dass sie in ihrem Lieutenant-Uhura-Look eine Wirkung erzielte, die nicht anders zu bezeichnen war als »rattenscharf«. Und dies war ein Attribut, das sicher keinem zu ihren verblühten Blusen bei der Arbeit eingefallen wäre.

Wie die anderen wohl verkleidet sind?, dachte sie gerade, das Gasthaus »Zum Himmelreich« in Sichtweite, als ein innerer Warnruf ihr die Nackenhaare der toupierten 60er-Jahre-Frisur aufstellte. Das idyllische Bild vor ihr bot allerdings keinerlei Anlass zur Beunruhigung: Zwei als Rentiere kostümierte Hirsche schnupperten, gut beleuchtet von dem gelb am Himmel prangenden Vollmond, an einem alten Schlitten herum. Neben ihnen war ein Vagabund mit lichtem Kopfhaar gerade dabei, die Hirsche anzuschirren.

Echte Tiere. Auf welche Mottoparty die wohl wollen?, dachte Marianne Hensel gerade noch, als der Vagabund sich umdrehte, ihr ins Gesicht blickte und ein schrecklicher Blitz der Erkenntnis sie durchfuhr.

Dieser Mann war ohne Zweifel ihr Peiniger aus der Arbeitsagentur! Ein kleiner Schrei entkam ihrem Mund und brandete an das Ohr des Haarlosen heran.

»Verdammt«, knurrte er. Mit zusammengekniffenen Augen beobachtete er, wie eine Frau einen Spiegel aus ihrer Handtasche nahm, um ihr Make-up zu überprüfen. Nur 'ne bekloppte Trine, dachte er verächtlich und machte sich beruhigt daran, das Geschirr von Einar und Elvar fester anzuziehen.

Tatsächlich versuchte Marianne Hensel, ihr Zittern unter Kontrolle zu bekommen.

Sie atmete tief ein und aus, wie sie es in der Traumatherapie gelernt hatte.

Wenn sie Hilfe holen wollte, dann musste sie jetzt in dieses Gasthaus hineingehen.

Tapfer setzte sie einen Fuß vor den anderen und hatte schon fast den Haarlosen passiert, als dieser ihr ins Gesicht sah: »Wohin so eilig, schöne Arbeitsagentin?«

»Zur Feier«, sagte Marianne Hensel mit trockenem Hals und blieb abrupt stehen.

»Das haste nicht gedacht, mich so bald wiederzusehen«, knurrte der Haarlose und kam näher.

»Lassen Sie mich durch!«

»Weißt du überhaupt, wie das ist?« Der Haarlose kam näher und blies ihr seinen üblen Atem ins Gesicht. »Wenn man nichts hat und einem von diesem Nichts auch noch die Hälfte gestrichen wird?«

Marianne versuchte dem engen Blick auszuweichen, der sie nun stechend fixierte.

»Und das nur, weil man einmal einen Termin nicht einhalten konnte.«

»Dreimal«, wollte Marianne sagen, doch aus ihrem Mund kam nur ein schwaches Krächzen.

»Wie soll man denn EINEN TERMIN einhalten, wenn man nicht einmal Post bekommt?«

»Mein Vorgesetzter … die Vorschriften«, stammelte Marianne und hörte selbst, wie wenig überzeugend sie klang. Sie sah zum Boden, auf dessen Oberfläche sich kleine Eiskristalle festgesetzt hatten.

»Die Vorschriften!« Verächtlich spuckte der Haarlose ihr dieses Wort vor die Füße. »Warum haben Sie nicht erst mit mir geredet?«

»Ein Messer ist auch kein Argument«, antwortete Marianne fast trotzig.

Der Haarlose streckte den Arm aus, packte sie am Kragen und riss sie zu sich. Der Schock traf sie so unerwartet, dass ihr Körper augenblicklich in eine lähmende Starre verfiel. Wie eine leblose Puppe hing Marianne Hensel am Arm ihres Peinigers und schnappte nach Luft. Auf einmal war die ganze Hilflosigkeit wieder da. Gerade wollte sie aufgeben und sich in ihr Schicksal fügen, als ein unbekannter Trotz in ihr die Oberhand gewann.

Sie dachte daran, wie sie vor einer Stunde das rote Kleid abgeschnitten hatte. Nein, sie würde sich von diesem Verbrecher nicht noch einmal den Schneid abkaufen lassen. Marianne würgte, Marianne-Uhura spuckte, und die Uhura in ihr sagte: »Die Erschütterungen im Warp-Antrieb verstärken sich.«

»Was?«, fragte der Haarlose blöde und lockerte kurz seinen Griff.

Diese Sekunde genügte ihr, um mit gestreckten Armen zu einem Hammerwurf auszuholen, der es in sich hatte und in seiner Vollendung ihre Handtasche dem noch immer fragend dreinblickenden Peiniger ins Gesicht donnerte. Der Haarlose fiel wortlos nach hinten, knallte mit dem Hinterkopf auf das Seitenteil des Schlittens und blieb bewusstlos auf demselben liegen.

Uhura streckte sich, Uhura-Marianne reckte sich, und Marianne ging sehr aufrecht und ohne noch einmal auf den schlaffen Haarlosen zu blicken, zum Eingang des Gasthauses »Zum Himmelreich«.

Gwendolin schmerzten allmählich die Augen: Weißtannen, Rottannen, Edeltannen, nichts als Nadelgehölze! Aber keine Spur ihres ersten Telepatheurs Bambino. Geschweige denn der abspenstigen Weihnachtsmänner. Es dürstete sie nach einem kräftigen Mondmokka mit einer dicken Schicht Federwolkensahne obendrauf.

Irgendwo musste es doch einen abgebrochenen Nadelbaum geben! Jetzt richtete sie ihr Fernrohr auf die Baumspitzen, suchte Baum um Baum ab und hatte erstaunlich schnell den traurigen Tannenrest entdeckt.

Unten im weichen Waldboden am Fuß der Tanne fand sie den Abdruck einer unförmigen Figur. Zweifellos war Bambino hier eingeschlagen. Gwendolin konnte sich ein Lächeln nicht verkneifen, schließlich war Bambino mit Abstand das wehleidigste Wesen des Sonnensystems. Und anhand der Kratertiefe musste sein Aufprall beträchtlich gewesen sein.

Aufgeregt schwenkte Gwendolin das Fernrohr vom Baum ausgehend in alle Richtungen. »Verweichlicht, wie er ist, kann Bambino nicht weit sein«, kicherte sie siegesgewiss und freute sich schon auf das dämliche Gesicht des glücklosen Hartung.

Tatsächlich hatten sich Bambino und der Hund Winnetou noch nicht allzu weit von der abgebrochenen Tanne entfernt. Bambino bekam kaum einen Fuß vor den anderen gesetzt und fühlte sich um mindestens 20 Lichtjahre gealtert. Das war also die berüchtigte Erdanziehungskraft, über die die Weihnachtsmänner bei ihrer Rückkehr immer klagten. Winnetou hingegen tänzelte leichtfüßig 100 Meter vor ihm her und drehte sich immer wieder ungeduldig nach ihm um.

»Ich komme ja schon«, japste Bambino und hielt sich die Seiten. Baum um Baum ließen die beiden wie in zäher Zeitlupe hinter sich, bis sie schließlich am

Waldrand angelangt waren und auf eine kleine Stadt blickten.

»Wohin gehen wir eigentlich?«, jammerte Bambino, der längst schon jenseits seiner knapp gesteckten Kapazitätsgrenze angelangt war. »Ich hab so Hunger!«

»Hugh«, telepathierte Winnetou sparsam zurück, hielt die Hundenase in den Wind und nahm dann unbeirrbar seinen Pfad wieder auf.

Bambino stolperte hinterher und klagte, von Winnetou weitgehend unbeachtet, pausenlos weiter.

Bald kamen sie an einen weithin beleuchteten Gasthof, aus dem Stimmengewirr und lautes Lachen erschollen und dem ein köstlicher Duft entströmte.

Bambino lahmte mittlerweile wie ein abgewetztes Rentier und klammerte sich nur noch an die Hoffnung, seine geschundenen Füße bald irgendwo hochlegen zu können. Da er aber noch nie Kontakt mit den Erdbewohnern gehabt hatte, wollte er sich vorher vorsichtshalber versichern, dass sie nicht etwa feindlich gesinnt waren.

Er schlich sich unauffällig an ein Fenster heran, stemmte sich schwerfällig und mit großem Ächzen am Fenstersims hoch und warf einen Blick in den tosenden Gastraum. Er starrte und staunte, staunte und starrte. Dann ließ er sich nach unten fallen und kugelte sich erleichtert auf der Erde herum.

»Was is'n jetzt los?«, telepathierte Winnetou, dem das exzentrische Wesen Bambinos langsam ein wenig auf die Nerven ging.

»Die sehen alle aus wie ich!«, kicherte Bambino und rollte weiter in seinem silbernen Space-Overall herum. »Und der Weihnachtsmann ist als Wolke verkleidet, buhahuahua!« Abrupt verstummte er, um kurz darauf auszustoßen: »Bambinesischer Bimbam! Der Weihnachtsmann!«. Er zeigte fassungslos auf das Gasthaus und dann auf Winnetou: »Du hast den Weihnachtsmann gefunden, du Hundskerl!« Bambino stürmte auf Winnetou zu und küsste und schleckte ihn ganz nach Kanidenart.

Winnetou ließ dies eine Weile klaglos über sich ergehen, doch dann knurrte er auf einmal bedrohlich, riss sich los und pirschte sich an die Hausecke heran. Verdutzt erstarrte Bambino mitten in einem feuchten Schmatzer und drückte sich gleichfalls an die Wand. Wenn Winnetou Gefahr witterte, so viel war klar, dann war auch Gefahr! Vorsichtig lugte er, den massigen Körper weiter an die Hauswand gepresst, um die Ecke.

Was er dort sah, löste einen weiteren, noch viel irreren Lachflash bei ihm aus. Winnetou indes knurrte noch heftiger und starrte böse auf die lebende Skulpturengruppe mit Schlitten, zwei Rentieren und dem früheren schwedischen Weihnachtsmann.

In der Gaststube steppte der Kosmos, tobte die Galaxie, war die Stimmung mittlerweile auf einem ihrer zahlreichen Höhepunkte angelangt. Nur einer klammerte sich traurig an den Tresen und deklamierte weinselig: »Wie und watt, wat soll dat?«, »Lejal, illejal, oberscheißejal« oder »Die Jut/beschissen-Liste is jeschlossen!«. So oder ähnlich kam es wenig philosophisch aus dem Mund des schwerbetankten Reverendschiffs.

Der Weihnachtsmann, der diesen Absturz aus einiger Entfernung beobachtet hatte, setzte sich neben den Reverend und klopfte ihm hilflos auf den Rücken: »Das wird schon …«

»Wird et nich!«, begehrte der Reverend grunzend auf und versuchte vergeblich, die Augen des Weihnachtsmannes zu fokussieren.

»Alles wird gut«, versuchte es der Weihnachtsmann erneut.

»Biste jetzte bald durch mit de Plattitüdenkiste?«, fauchte der Reverend gereizt, »du hast ja keen Schnall, hastu nich!«

»Ja«, sagte der Weihnachtsmann und starrte an die Decke.

»Früha …«, lallte der Reverend, stierte dann aber in die vibrierende Menge, »jute Stimmung hier, wa?«

Der Weihnachtsmann lächelte freundlich und legte dem Reverend eine Hand auf den Arm.

»Ick war ein Schwein«, jaulte der Reverend auf und ließ den Kopf auf den Tresen fallen.

Dem Weihnachtsmann war mittlerweile bekannt, dass die Menschen Tiernamen verwendeten, um ihre unangenehmen Eigenschaften zu kaschieren. Daher nippte er nur kurz an seiner Honigmilch und wartete.

Die Erklärung des Reverends ließ nicht lange auf sich warten: »Ick hab den Leuten Papiere ufjeschwatzt, die nix wert warn. Staatsanleihn aus Weeßjottwo!« Der Reverend richtete sich mühsam auf. »15 Prozent Rendite, hab ick vasprochn.« Er holte zu einer großen Geste aus, und sein Barhocker schwankte bedenklich. »Keen Cent wert!«

Der Weihnachtsmann verstand gar nichts, nickte aber sehr verständnisvoll.

»Ick war en hohet Tier, Frau, Haus, Auto, Urlaub, allet top ...«, purzelte es nun aus dem Reverend heraus, »Und denn, eines Tages, kommt die Omma zu mir. Heult nich, schimpft nich, wie die andan, sieht mich nur mit Riesen-Aujen an. Sacht janz ruhig: Du hast meine Rente vajubelt. Janz ruhig, vastehste?« Er drehte sich um und sah den Weihnachtsmann mit rotgeränderten Augen an. »Und da is bei mir ne Sicherung ausjetickt. Hab allet stehn und lijen lassen und bin uff die Straße.« Er ließ den Kopf wieder auf den Tresen fallen und jaulte aus schier unergründlichen Tiefen auf.

Im Gasthaus formierte sich gerade eine gutgelaunte Polonaise, aus der heraus Ilse den Weihnachtsmann mit einbinden wollte, was dieser mit einem freundlich-bestimmten Lächeln von sich wies.

Er überlegte, wie er seine Idee, die er in der letzten Nacht so gut durchdacht hatte, behutsam und ohne den Reverend zu überrumpeln, anbringen konnte.

»Komm doch mit in den Himmel«, versuchte er es dann auf direktem Weg.

»Hör mir mit deim Weihnachtsmannscheiss uff, et jibt kein …« wollte der Reverend sogleich aufbrausen, da glomm urplötzlich durch den Schleier seiner Verneblung hindurch ein Fitzelchen Hoffnung in ihm auf. Mit einem Mal fühlte er sich klarer: »Wat müsste man da machen?«

»Geschenke packen und verteilen.«

»Muss man da schweijen?«

»Nein.«

»Kann man da wat picheln?«

»Gratis Schnuppenschnaps.«

»Kost und Logis?«

»Frei.«

Der Reverend dachte nach: »Könnten wa dann och mal bei da Omma vorbeijehn?«

»Sicher«, bestätigte der Weihnachtsmann nach kurzem Überlegen.

Der Reverend legte den Kopf schief und schürzte abwägend die Lippen: »Könnte man drüba nachdenkn.«

In diesem Moment platzte die Tür zum Himmelreich auf, und eine atemlose Marianne Hensel brach in die Gastwirtstube hinein.

In nicht allzu fernen, dafür aber recht fremden Sphären rissen sich gerade Hartung und Gwendolin um das Fernrohr, während Madame Adèle kopfschüttelnd danebenstand.

»Hat sie wirklich Jultomten eins übergezogen?«, erkundigte sich Hartung zum vierten Mal, und ein wenig Schadenfreude schwang in seiner Frage mit.

»Ja, hat sie«, erklärte Gwendolin schaudernd und fand, dass ihre Leistung, zugleich Bambino, den verschollenen schwedischen Weihnachtsmann UND die Rentiere zu finden, nicht genug gewürdigt worden war.

»Telepathiere endlich mal den Bambino an!«, sagte sie daher streng und nahm Hartung zugleich das Fernrohr ab.

Bambino aber litt durch seinen Sturz von der Tanne an einer fortschreitenden Funkfrequenzstörung und vernahm nur ein seltsames Rauschen, das durch das anhaltende Knurren von Winnetou noch verstärkt wurde.

»Jultomten wird wach!«, verkündete Gwendolin nun, woraufhin Madame Adèle ihr ihrerseits das Fernrohr aus der Hand riss. Sie beobachtete, wie der Haarlose-Jultomten noch etwas benommen auf dem Schlitten hin und her schwankte, sich dannach zum Himmelskollegen umdrehte, diesen verdutzt ansah und dann ein Wort zu ihm sprach, das sie lippenleserisch als »Bambino!« entzifferte. Ebenso konnte sie erkennen, dass Bambino, der nicht die geringste Ahnung hatte, wie er wieder in den Himmel zurückkommen sollte, seinerseits die Rentiere erkannte und gerade die Chance witterte, dieses lebende Transporttaxi für sich zu nutzen.

»Bald haben wir unseren Weihnachtsmann wieder«, verkündete Madame Adèle nun großspurig mit einem kurzen Seitenblick.

»Welchen?«, fragten Hartung und Gwendolin wie aus einem Mund.

Doch Madame Adèle antwortete nicht, da auf einmal der Hund einen riesigen Satz machte, auf den Haarlosen zusprang und sich mit der untrüglichen Witterung der Hunde für Böswilligkeit in seinem Hosenboden festbiss.

Bambino seinerseits packte Winnetou erschrocken am Hundeschwanz und versuchte, ihn von seinem Opfer wegzuziehen: »Lässt du jetzt aber sofort den armen Mann los, du böser Winnetou!«, rief er und vergaß, dass er den Hund nur telepathisch erreichen konnte.

In diesem Moment stieß der Haarlose mit den Worten »Mush, mush!« ein tief aus seiner Erinnerung gewühltes Rentierkommando aus, was die gelangweilt dreinblickenden Rentiere augenblicklich in Gang setzte.

Ein stürmischer Galopp rund um das Gasthaus »Zum Himmelreich« setzte ein, angeführt von Einar und Elvar mit ihrem Schlitten, auf welchem der Ex-Weihnachtsmann Jultomten stand, in dessen Hinterteil sich ein Hund verbissen hatte, an dessen Schwanz wiederum der japsende Riese Bambino in seinem silbernen Space-Anzug hing.

Luna, mitten in der Trocknung eines Glases erstarrt, sah mit offenem Mund zu der extraterrestrischen Schönen, die eben den Gastraum geentert hatte. Deren Anblick löste in ihr ein seltsames Gefühl der Verbundenheit aus, das sie sich nicht erklären konnte. Mit einem Seitenblick auf Amar stellte sie fest, dass es ihm genauso ging. Selbstvergessen blickte er zu der Erscheinung, während seine Hand eine ganze Flasche Rum in den Cocktailshaker goss.

Luna hatte jedoch keine Gelegenheit, weiter über das Phänomen dieser Verbindung nachzudenken, da Uhura-Marianne nun dringlich auf ein Fenster deutete, an dem gerade ein rasender Schlittentross vorbeiflog. Die Tanzenden hielten inne, die Gespräche verstummten, und alle Gäste starrten nun auf den wilden Ritt dort draußen.

Auch der Weihnachtsmann, den Marianne sogleich als netten Herrn aus der Arbeitsagentur erkannte, starrte aus dem Fenster. Er erblickte den Haarlosen und gleich dahinter seinen Himmelskollegen Bambino. Und etwas an dieser Kombination legte einen Schalter in ihm um, machte »Klick« in seinen Schaltkreisen und ließ ihn »Jultomten!« ausrufen, noch ehe er verstand, was das Gesagte eigentlich bedeutete.

Der Wirt, der schon immer einen Riecher für das Zerstören bedeutsamer Momente gehabt hatte und sich beharrlich über die Abwesenheit der Band ärgerte, legte eine CD mit den »besten Silvesterhits der letzten 20 Jahre« ein und drehte den Lautstärkeregler auf Anschlag. Augenblicklich ertönte einer dieser unfassbaren Partyknüller, die erst ab einem gewissen Vernebelungszustand ihre volle Wirkung entfalten.

Bald waren grüne Außerirdische, federleichte Engel, goldglitzernde Sterne und eine Gruppe fehlverkleideter Hippies auf der Tanzfläche und demonstrierten mit ironisch gemeinten Tanzbewegungen, dass die Musik eigentlich unter ihrem Niveau war, sie aber dennoch entschlossen waren, sich gut zu amüsieren. Selbst der Reverend versuchte sich nun an einem rhythmischen Wippen.

Luna schüttelte sich einmal kurz, sah, dass der Rum im Begriff war, über den Cocktailshaker zu laufen, und griff rettend nach der Flasche. Dann packte sie den immer noch wie versteinerten Amar und zog ihn mit sich hinter die Theke zurück.

Einzig der Weihnachtsmann ragte weiter wie eine Insel der Nachdenklichkeit aus dem Meer der Spaßgesellschaft heraus. Jultomten. War der Haarlose wirklich sein früherer Weihnachtsmannkollege? Er ging, ohne die freundlich lächelnde Agentin zu beachten, die wie angewurzelt stehen geblieben war, zur Eingangstür. Der Weihnachtsmann trat auf die ersten Treppenstufen, beugte sich hinaus und sah gerade noch, wie der silberne Hintern von Bambino hurtig um die Hausecke flog.

Gwendolin hatte mittlerweile das Kommando über ihr Fernrohr zurückerobert und verfolgte grinsend den wilden Ritt der vier Himmelskollegen nebst Hund rund um das Gasthaus.

»Versuch du lieber, noch mal Kontakt zu Bambino

aufzubauen«, knurrte sie zu Hartung, der mal wieder wenig zur allgemeinen Aufklärung beitrug.

Hartung parierte aber seltsamerweise sofort, und diesmal klappte es tatsächlich, doch konnte er nur erbärmliches Keuchen, Spucken und Stöhnen, unterlegt von einem mächtigen Rauschen, vernehmen.

Gwendolin verkündete aufgeregt, dass sie ihre Himmelskollegen wohl nie wiedersehen würden, wenn ihnen nicht bald etwas einfiele. Just in diesem Moment erinnerte sich Jultomten in der Verfolgung seines finsteren Plans wieder an das Kommando zum Abheben des Schlittens.

Doch obwohl die beiden schon recht entkräfteten Rentiere Einar und Elvar ihr Bestes gaben, hob sich der überladene Schlitten nur einmal kurz ab … und sackte dann wieder kraftlos zu Boden. Der Haarlose kippte nach vorn, riss mit dem Hosenboden Winnetou mit, auf den wiederum Bambino stürzte.

Er schüttelte seine lebende Bedeckung verärgert ab, richtete sich auf und gab noch einmal und nun schon fast selbstverständlich das Schlittenkommando.

Einar und Elvar sahen sich genervt an, bedeuteten sich dann aber durch ein schwaches Kopfnicken, es noch einmal zu versuchen und ihre allerletzten Reserven zu mobilisieren. Der Schlitten ächzte und stöhnte, hob sich wenige Zentimeter vom Boden und schien kurz noch einmal absacken zu wollen. Die Rentiere pressten und stemmten sich mit hochroten Köpfen gegen die Erdanziehungskraft.

Endlich bekam der Schlitten einen Rückstoß, wurde samt Besatzung in die Höhe katapultiert und beendete damit Bambinos überschaubar kurzen Aufenthalt auf der Erde.

»Sie sind weg!«, konstatierte Gwendolin nur.

»WAS?«, riefen Hartung und Madame Adèle wie aus einem Mund.

»Ja«, bestätigte sie, als sie um das Gasthaus herum nur gähnende Leere erblickte. Gwendolin schwenkte das Fernrohr weiter nach oben. Fünf zum größten Teil wohlbekannte schwarze Silhouetten mit Schlitten flogen gerade vor dem dottergelben Vollmond vorbei. »Wow!«, entfuhr ihr.

Ihre himmlischen Kollegen verstanden gar nichts. Hartung entriss ihr das Fernrohr und richtete es wieder auf die Erde. »HA!«, rief er eine Millisekunde später. Auf der Treppe des Gasthauses, verdutzt in den Himmel blickend, stand der lang vermisste Weihnachtsmann! Hartung war sich natürlich nicht zu schade, sich diesen Fund sofort auf die eigenen Fahnen zu schreiben: »Ich hab den Weihnachtsmann gefunden!«

»Ja, ja«, entgegnete Madame Adèle und gähnte gelangweilt, »hast du's auch schon gemerkt, dass Jultomten wieder da ist?«

»Nein, DEN Weihnachtsmann, schaut selbst!« Hartung übergab das Teleskop diesmal freiwillig an seine himmlischen Schwestern.

»Juhu!«, »Großartig!«, »Heureka!«, jubelten Madame Adèle und Gwendolin, blickten abwechselnd immer wieder ungläubig in das Fernrohr, fielen sich in die Arme und feierten ihre großartigen Fähigkeiten in der Weihnachtsmann-Wiederbeschaffung.

»Hey, dann können wir uns ja endlich wieder um unsere eigentliche Arbeit des … äh … der … äh …«, stammelte Hartung.

»Himmelsbürokratie«, half Madame Adèle ihm aus.

»…ja, danke, der Himmelsbürokratie kümmern«, ergänzte Hartung und glaubte sich sogar selbst ein wenig.

Plötzlich stutzte Gwendolin: »Und wie kriegen wir den Weihnachtsmann wieder hier hoch? Ohne Schlitten?«

»Das ist allerdings ein Problem. Verdammt!« Hartung biss sich auf die Unterlippe und schlug halbherzig vor: »Wir könnten noch mal jemand mit dem Schlitten runterschicken.«

»Auf keinen Fall lasse ich noch mal jemand nach unten«, lehnte Madame Adèle, die erhebliche Chefallüren entwickeln konnte, kategorisch ab.

Ratlos standen die drei da und grübelten. Gwendolin reichte eine Schale Schaumzuckerwölkchen herum, da man dadurch oft die besten Ideen bekam.

»Wir können die viele Arbeit unmöglich allein machen«, konstatierte Hartung.

Was mit einem entschiedenen »Wo denkst du hin!« vonseiten Madame Adèles bestätigt wurde.

»Ich hab's!«, rief Gwendolin und strahlte siegessicher. »Heute ist Silvester. Da jagen die doch immer ihre Raketen in den Himmel.«

»Ja, und?«, fragte Hartung verständnislos.

Gwendolin gönnte sich noch ein Schaumzuckerwölkchen: »Wir lenken eine davon um!«

»Genial!«, rief der lange Hartung erleichtert, der sich schon als albernen Ersatzweihnachtsmann im viel zu kurzen roten Mantel unten auf der Erde gesehen hatte.

»So machen wir's«, bestätigte Madame Adèle und griff ihrerseits beim Konfekt noch einmal entschlossen zu.

Kaum hatte sie diese Worte ausgesprochen, da rauschte es wie in einem gewaltigen urzeitlichen Blätterwald, und die irdische Fracht traf samt Bambino, dem neuen Himmelshund Winnetou und dem verlustig gegangenen schwedischen Jultomten wieder in den himmlischen Gefilden ein.

Nachdem der Weihnachtsmann zu seinem Entsetzen feststellen musste, dass er seine gerade wiedergefundene Mitfahrgelegenheit schon wieder verloren hatte, kehrte er betrübt ins Gasthaus zurück. Drinnen war die Stimmung gerade auf ihrem Siedepunkt angelangt, und keiner beachtete ihn.

Selbst Marianne hatte sich von einem federleichten Engel auf die Tanzfläche ziehen lassen, wild entschlossen, diesen Abend nun in seiner ganzen funkelnden Verheißung auszukosten.

Luna sah eine Weile amüsiert zu und blickte dann zu Amar, der gerade einen besonders ausgefallenen Cocktailwunsch bearbeitete.

»Diese Schlagermucke vom Chef ist ja nicht auszuhalten!«, rief sie gegen den Lärm an.

»Wollen wir dem Elend mal ein Ende machen und selbst ein bisschen jammen?«

»Klar«, rief Luna und drückte auf die Aus-Taste des CD-Players, was sofort einen großen Aufschrei unter der Feierbande hervorrief.

Um die Stimmung nicht weiter absacken zu lassen, verteilte Amar rasch ein paar Gegenstände, die als Ersatzinstrumente tauglich waren: zwei Eimer als Trommeln, die an den Reverend und einen Außerirdischen gingen, langstielige Gläser mit Löffeln als Triangel für Marianne und die Hippiebande, einen Kasten mit Besteck für den Wirt und mehrere Schneebesen für die Engel, die sich um Ilse herumgruppierten. Ein paar Kokosnussschalen, die vom Cocktailmachen übriggeblieben waren, behielten die beiden Mondgeschwister für sich.

»Jetzt brauchen wir nur noch einen Sänger«, rief Luna, und einige Gäste traten unauffällig weiter an die Wand zurück.

Der Weihnachtsmann blickte gedankenversunken in den Raum und trauerte noch immer seiner verlorengegangenen Perspektive nach. Luna sah auf die Tanzfläche, wo die extraterrestrische Schöne gerade von zwei Hippies in die Mitte genommen wurde, und drehte dabei unvermittelt an ihrem prächtigen Ring. Plötzlich erhellte ein Funkeln den Raum, und der Weihnachtsmann öffnete wie ferngesteuert den Mund und sang: »Uuuuaaah!«

Luna drehte den Ring in die andere Richtung, und der Weihnachtsmann sang: »Aaaauuuuh!«

Die kurzen Laute waren so bezaubernd, dass alle Anwesenden dem kleinen Mann im orange verblichenen Mantel augenblicklich verfielen. Seine Stimme war aus tausend Stimmen geboren und schien aus einer Zeit zu stammen, die vor allem Heutigen gewesen sein musste.

Luna drehte den Ring nun mal nach rechts, mal nach links, und der Weihnachtsmann sang stockend: „Ich bin nur … ein kleiner … Weihnachtsmann.«

Er wunderte sich, welche Worte da aus seinem Mund kamen und wie schön er auf einmal singen konnte. Ein Hippie fühlte sich an einen alten Sklavenblues erinnert und begann sachte mit einem Löffel im Takt an sein Sektglas zu klopfen. »Der nichts weiter als … Geschenke bringen kann«, intonierte der Weihnachtsmann nun schon flüssiger.

Luna drehte den Ring immer schneller, und der Reverend stand von seinem Barhocker auf und begann leise auf seinen Eimer zu trommeln.

»Meine Tiere habe ich lange schon verlor'n«, sang der Weihnachtsmann nun, als ob er nie etwas anderes gemacht hätte, während der Zeiger der großen Uhr in der Gaststube völlig unbeachtet auf zwölf Uhr vorrückte, »bin wohl für ein Menschenleben auserkor'n?«

Nach und nach fielen alle in den Rhythmus ein und trommelten und schlugen ihre Gläser, Schneebesen und Kokosnüsse. Amar gab den Rhythmus vor, und

Luna stellte unterdessen einen neuen Ringdreh-Weltrekord auf.

»Oh, wenn ich doch nur …«, klagte der Weihnachtsmann nun, und draußen waren bereits die ersten Silvesterknaller zu vernehmen, »eine Rakete hätt'!«

»Rakeeete häääätt'«, sangen alle Gäste im Chor, während draußen ein Feuerwerk einsetzte, das so prächtig war, wie man es in der kleinen Stadt noch nie gesehen hatte. »Back to Himmel«, klagte der Weihnachtsmann, da fegte ein Windstoß auf einmal das Fenster auf. »Das wär …«

Eine besonders dicke Silvesterrakete schoss ins Gasthaus, drehte eine Runde im Raum und schlängelte sich dann auf ihr Opfer zu.

»Wiiirklich nett …«, sang der Weihnachtsmann unbeirrt weiter.

Die Rakete lud ihr ahnungsloses Opfer auf, flog noch einmal eine Runde, um mit ihm dann so schnell, wie sie gekommen war, durch das Gasthausfenster davon zu zischen. »Wiiirklich nehehett«, wiederholten alle zusammen den Refrain, während die Rakete mit ihrer lebenden Fracht immer höher und höher in den von funkelnden Fontänen und gleißenden Feuern erhellten Himmel stieg.

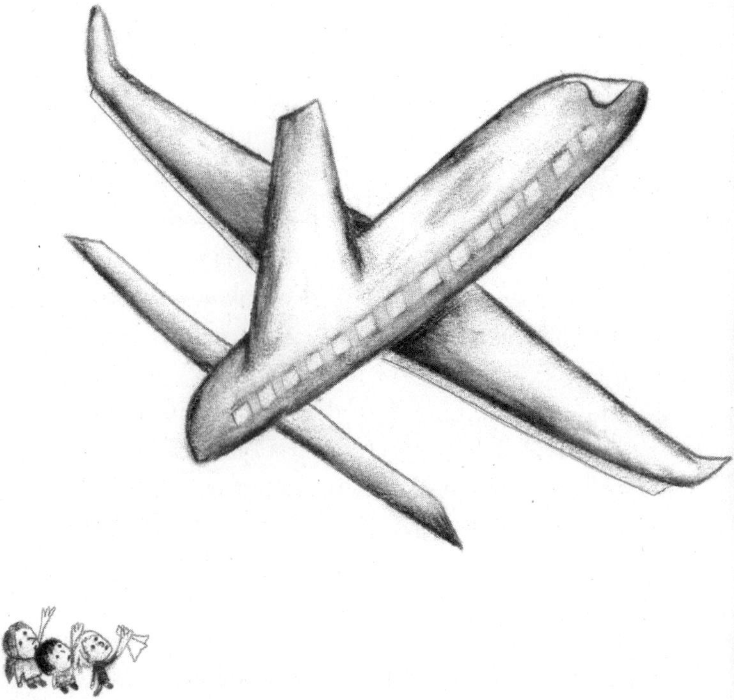

Himmelstohuwabohu

»Will…kommen«, bemühte Madame Adèle wie automatisch die himmelsobligatorische Höflichkeit.

Durch ihr momentan genauso unerklärbar wie ausweglos erscheinende Umstände steckte sie plötzlich im glücklicherweise wolkig gepolsterten Türrahmen der Bürotür fest. Von dort betrachtete sie erstaunt die plötzliche Verwandlung des ihr so vertrauten Raumes. Ein geborstener Schlitten füllte das Büro nun fast vollständig aus. Mehrere unangemeldete, aber nicht unbekannte Besucher tummelten sich zwischen den Latten.

Bambino, den sie als Erstes erkannte, lag bäuchlings auf dem großen Schreibtisch, unter welchem Hartung und Gwendolin hockten, eingekeilt und mit Blick auf acht drahtige Rentierfüße. Die Rentiere, dachte Madame Adèle, die stecken das alles weg. Und ehe sie weitere Zusammenhänge erfassen konnte, unterbrach Hartung das Schweigen: »Könnt ihr nicht lenken, sagt mal? Bambino? Jultomten? Einar und Elvar, ihr seid wohl besoffen, oder was? Dann zieht das Ding hier wenigstens wieder raus!« Bambino seufzte, rührte sich aber nicht. Aufgeregt versuchte Winnetou, über zwei umgekippte und in Schlittenkufen verhakte Drehstühle seinem neuen Herrchen zu Hilfe zu eilen. Einar und Elvar verdrehten höhnisch die Augen.

Vorsichtig richtete Jultomten sich auf. Die rechte Hand musste er zwischen zwei abgebrochenen Streben des Weihnachtsmannschlittens hervorziehen. Übel, dachte er und befühlte Hand, Kopf und Po, an welchem sich doch noch Sekunden zuvor ein verrückter Hund festgebissen hatte. Für den Bruchteil einer Sekunde wunderte er sich. Dann drangen ihm schlagartig die Vorteile himmlischen Lebens wieder ins Hirn. »Schmerzfrei!«, staunte er. »Himmlisch schmerzfrei.«

Grinsend tätschelte er das Fell des Hundes, der noch immer nervös versuchte, Bambino zu erreichen, sich auf Jultomtens Berührung hin aber sofort entspannte, diesen treulich auf Hundeart anblickte und den Kopf vertrauensvoll an ihn lehnte. Jultomten lächelte, kraulte und streichelte, dann stockte er und schob den Hund kühl beiseite. Nicht einknicken, dachte er, nicht jetzt schon. Naivlinge hier, alles Naivlinge. Bescheuert und blöde. Die bestehen ja förmlich aus Eierkuchen.

»Hättet Ihr vielleicht die Güte, uns hier unten endlich mal herauszuholen?«, ließ sich der lange Hartung wieder vernehmen. »Gwendolin, sag doch auch mal was!«

»Gwendolin?« Jultomten schluckte. »Gwendolin ist hier?« Da er sie aus seiner Position nicht sehen konnte, kletterte er nun über die Schlittenteile auf den Tisch.

Zerrend und ziehend schaffte Jultomten es, Bambino vom Schreibtisch gleiten zu lassen, woraufhin sich der lange Hartung sofort und unter nahezu kriegerischem Geheul von unten gegen den Tisch stemmte.

»Jetzt wartet doch!«, rief Madame Adèle, die sich in ihrem sicheren Türrahmen inzwischen einen Überblick über die Situation verschafft hatte. »Jetzt wartet doch. Das klemmt hier sonst alles noch viel schlimmer ineinander!«

Nein, von einem Ineinanderklemmen konnte im folgenden Himmelstohuwabohu keine Rede sein. Ausgelöst von Hartungs schmalen, aber doch erstaunlich hartnäckigen Schultern setzte sich eine Lawine von Luftsprüngen, Fallrückziehern und Schleudergängen fast aller Anwesenden in Gang, an deren unaufhaltsamen Ende Jultomten durch einen gezielten Rentiertritt just an den Ort gelangte, welchen er sowieso hatte erreichen wollen – nämlich auf dem Fußboden, direkt neben Gwendolin. Diese sah ihn mit großen Augen an.

»Gwenny …«, begann Jultomten, da füllten sich Gwendolins Augen mit Tränen.

»Sie hat dich gesucht, alter Zausel«, übernahm Madame Adèle, »hast du das nicht bemerkt?«

»Ich …«, Jultomten suchte nach Worten, »ich …«, und weil ihm gar nichts Passendes einfallen wollte, streichelte er wieder den Hund, dem es inzwischen gelungen war, durch die Beine der Rentiere hindurch wieder in seine Nähe zu kommen.

Quengelnd kroch auch Bambino heran und kuschelte sich an Winnetous andere Seite.

»Du bist wieder da, Jultomten«, äußerte der lange Hartung, »krasser Auftritt, aber immerhin. Haben wir euch alle wieder beisammen.«

»Der Rotweiße Klaus kommt auch gleich«, ergänzte Madame Adèle, »auf einer Rakete. Gwendolins Idee.«

Jultomten sah sie an. Die stolze Madame Adèle. Die es immer verstanden hatte, alle Himmelswesen irgendwie zu organisieren. Den langen Hartung, schnippisch und blöd, aber harmlos wie ein Phantasiegespinst. Bambino, so offenherzig naiv, dass selbst die Engel über ihn lachten. Und Gwendolin, seine Ziehtochter Gwendolin …

Die ganze Himmelsmannschaft, das wusste Jultomten, war ein Haufen kindischer Brüder und Schwestern, die keine Ahnung von der Wirklichkeit hatten. Aber was soll's?, dachte Jultomten, wozu sollen sie auch eine Ahnung haben? Er lächelte. Mit dem Weihnachtsmann würde er sich vielleicht unterhalten können. Der hatte ja ähnliche Erfahrungen gemacht wie er … obwohl, na ja, dummerweise hatte er ihm persönlich Nachhilfe gegeben. Für zukünftige Vertraulichkeiten war das womöglich keine gute Grundlage. Überhaupt, was hatte er da unten bloß getrieben? Diese Arbeitsagentin so zu bedrohen, das war ja …

»Auf einer Rakete?«, unterbrach er die aufkommenden Reuegefühle. »Das ist eine prima Idee.«

Und dann, Gwendolin legte gerade ergriffen ihre Hand in seine, kam besagter Feuerwerkskörper angezischt.

»Wieder mitten rein«, seufzte der lange Hartung. Die Rakete durchflog die wolkige Bürowand direkt über dem Türrahmen, in welchem Madame Adèle vor Schreck erstarrte. Mit einem Hauch von Rauch im Nacken wurde der Raketenreiter abgestreift und landete relativ sanft auf dem immer noch umgedrehten Tisch in der Mitte des Raumes.

»Watt'n jetz los?«, fragte er verwirrt und sah von einem zum anderen. »Watt kiekter denn so? Ik hab jar nischt jemacht!«

»Der Reverend.« Jultomten spürte ein Glucksen im Hals. »Der Reverend ist da!«, rief er japsend. »Ihr seid einfach spitzenklasse! Jetzt habt ihr den Reverend hochgeschossen!« Wie ein Rumpelstilzchen hüpfte Jultomten im Kreis um den neuen Himmelsgast herum und prustete.

»Wat? Wie hochjeschossen? Theo, jetz verarsch mir nich!« Der Reverend verstand gar nichts. Andererseits hatte er seinen haarlosen Kumpel noch nie so lachen gehört. So freundlich, so lustig, so … irgendwie ansteckend.

»Huch?« Madame Adèle sah ratlos in die Runde.

Und innerhalb von Sekunden lachte nicht nur der verwirrte Reverend aus vollem Halse mit, sondern die ganze anwesende Himmelsabteilung, Madame Adèle und Gwendolin, Bambino und Hartung, ja sogar die

Rentiere und der Neuzugang Winnetou kringelten sich vor Lachen im desolaten Büro herum.

Abflugbereit, aber noch immer irdischen Boden unter den ausgelatschten Stiefeln stand der Weihnachtsmann am Neujahrsmorgen im Kreise seiner Freunde zu Füßen der großen Departure-Tafel im Flughafen und wartete.

Trunken von Silvesterstimmung und den überirdisch anmutenden Ereignissen der vergangenen Stunden, welche den Reverend auf nahezu magische Weise hatten verschwinden lassen, hatten Luna, Amar und Marianne noch im Gasthaus Brüder- sowie Schwesternschaft geschlossen, wobei sie festgestellt hatten, dass auch Marianne auf den zweiten Blick ein Mond war, weil sie nämlich mit Zweitnamen Selene hieß.

»Langsam verstehe ich die Zusammenhänge«, behauptete Amar, während Luna und Marianne ihn nur vertrauensvoll angrinsten.

Schließlich aber hatten sie beschlossen, Ilse sich selbst und ihrem augenscheinlich verliebten Tanzpartner zu überlassen. Zu viert hatten sie sich in Amars kleines gelbes Auto gezwängt, um dem Weihnachtsmann seine himmlische Rückreise doch noch zu ermöglichen.

»Check-in Moskau, in 13 Minuten«, tönte eine Lautsprecherdurchsage durch die große Halle.

»Und du bist sicher, dass er noch unten ist?«, fragte Luna besorgt.

»Ja ja«, entgegnete der Weihnachtsmann, selbst ziemlich aufgeregt, »Väterchen Frost hat gestern erst die Geschenke verteilt. Er ist immer später dran als wir anderen. Das hat mit den landestypischen Gepflogenheiten zu tun.«

»Wie willst du ihn denn finden?«, wandte Luna ein. »Irgendwo da draußen in Russland. Außerdem herrschen da in manchen Gebieten bis zu minus 50 Grad.«

»Ich weiß«, wollte der Weihnachtsmann sie beruhigen, »ich werde schon …«, dann wandte er sich um, »das heißt, Luna! Du hast doch den Ring. Das hat doch schon mal geklappt. Du kannst mir den Weg doch sagen.«

Luna drehte, und schon begannen dem Weihnachtsmann Töne aus der Kehle hervorzuwandern.

Marianne seufzte auf: »Herr Weimann, Ihre Stimme … kann die Menschen berühren. Sänger, das ist Ihre Berufung. Da kommt immer mal was rein, da können wir …« Leise zog eine zarte, zuerst dem Eifer, dann einer gewissen Verlegenheit geschuldete Röte über Mariannes Wangen.

Der Weihnachtsmann schien ihre Worte jedoch kaum mitbekommen zu haben. »Hört auf«, lachte er singend. »Luna, sag mir den Weg, bitte.«

»Woher soll Luna den denn jetzt wissen?«, fragte Amar verwirrt.

»Ich könnte ja auch mal recherchieren«, bot Marianne zaghaft an.

»Ach, wann denn?«, entgegnete Luna. »Unser lieber

Freund hier will ja gleich den nächsten Flieger nehmen.«

»Wenn ich Väterchen Frost noch einholen will, dann muss ich mich sofort auf den Weg machen. Ist sowieso die Frage, ob sein Schlitten noch einen zweiten Weihnachtsmann fassen kann, geschweige denn, ob die Rentiere das schaffen. Na ja, Madroschka und Karachotschka sind immer schon die härtesten Geißen von allen gewesen.«

»Also gut«, sagte Luna, »was muss ich tun?«

»Luna!« Der Weihnachtsmann guckte ihr in die Augen. »Erinnere dich doch! Du hast mir den Weg zum Blauen Haus gesagt! Einfach so, mit dem Ring an der Hand.«

»Ja, keine Ahnung, woher ich den wusste.«

Wie so oft, seit sie den Weihnachtsmann kennengelernt hatte, sah Luna auf den Ring. Drehen war nicht das Richtige, davon begann der Weihnachtsmann zu singen. Vielleicht schütteln?

»Hör auf, Luna!«, brüllte Amar. »Guck doch, er zappelt wie verrückt!«

»Zappelt?«, fragte Luna empört. »Er tanzt. Sieht super aus. Was du alles kannst, Weihnachtsmann.«

Der Weihnachtsmann aber, selbst von seinen versteckten Begabungen überrascht, hatte keine Muße, diese zu genießen: »Bitte, Luna, gleich geht's los. Meinen Weg! Bitte! Hilf mir doch!«

Und Luna rieb und raschelte, strich und streichelte, zuckte und ruckte, kribbelte und krabbelte, ja, sie hieb sogar auf den Ring ein. Aber erst als sie alle drei den Weihnachtsmann feuchten Auges verabschiedet hatten, erst als er mit unsicherem, doch schwerem Schritt die Sicherheitskontrollen passiert und die Gangway ins Flugzeug entlanggeschritten war, erst als er neben einer Dame im Pelzmantel Platz genommen, ja erst als die freundliche Stewardess ihm einen Kaffee (mit viel Milch) serviert hatte, welcher das wehmütige Ziehen in seiner Brust noch verstärkte, erst dann – die drei Freunde sahen, ihre Nasenspitzen in die kalte Luft emporgereckt, dem schon beinahe erbsenklein verschwindenden Flugzeug hinterher – sprudelte Luna die Wegbeschreibung heraus.

»… bis Wladiwostok immer geradeaus, links um die Murawjow-Amurski-Halbinsel herum und dann …«

Marianne und Amar nahmen Luna in ihre Mitte. Alle drei hatten Tränen in den Augen.

»Hoffentlich schafft er's«, flüsterte Luna, und dann begannen sie zu dritt zu tanzen.